INTERNATIONAL GUY

#3 COPENHAGUE

Ce livre est une fiction. Toute référence à des évènements historiques, des personnages ou des lieux réels serait utilisée de façon fictive. Les autres noms, personnages, lieux et évènements sont issus de l'imagination de l'auteur, et toute ressemblance avec des personnages vivants ou ayant existé serait totalement fortuite.

Première publication Montlake Romance, Seattle

www.apub.com

Collection créée par Hugues de Saint Vincent
Ouvrage dirigé par Bénita Rolland
Traduit par Robyn Stella Bligh
Photo de couverture © GettyImages
Couverture : Raphaëlle Faguer

34-36, rue La Pérouse
75116-Paris
www.hugoetcie.fr

ISBN : 9782755637847
Dépôt légal : août 2018
Imprimé en France par Corlet
N° d'imprimeur : 193905

AUDREY
CARLAN

NEW ROMANCE®

INTERNATIONAL GUY
#3 COPENHAGUE

Roman

Traduit de l'américain
par Robyn Stella Bligh

Hugo Roman

À Susanne Ben Andersen et Christina Yhman Kaarsberg.
Vous avez cru en mes histoires et m'avez ouvert votre cœur.
Votre amitié me touche.

À toute l'équipe de Lindhardt and Ringhof.
Je ne sais comment vous remercier de m'avoir accueillie
dans votre merveilleux pays.

NOTE AU LECTEUR

Cette œuvre est une fiction, comme tous mes récits. J'ai laissé libre cours à mon imagination en mélangeant inventions et descriptions de lieux réels que j'ai visités lorsque j'étais au Danemark, le tout dans le but d'offrir une histoire géniale au lecteur.

La famille royale du Danemark, sa généalogie et son riche passé sont merveilleux. Toutefois, j'ai inventé noms, statuts et lignées – cela ne reflète en aucun cas les pratiques courantes de la monarchie danoise.

CHAPITRE 1

Je suis dans un pétrin royal. En tout cas, c'est le sentiment prédominant qui saisit mes entrailles quand je feuillette l'énorme dossier en ma possession sur la famille royale Kaarsberg et l'héritier du trône danois. La royauté danoise a une histoire très riche, mais plus j'essaie de comprendre quel prince descend de quelle lignée et quelle princesse est censée devenir reine, plus mon besoin d'alcool se fait pressant.

Je souris en notant le timing parfait de l'hôtesse de la *Scandinavian Airlines* qui arrive justement avec le gin tonic que j'ai commandé il y a quelques minutes.

– Merci.

– *Du er velkommen*, répond-elle.

Ma brillante assistante m'a fourni une liste des phrases usuelles et je comprends que l'hôtesse répond « de rien » en danois. Je suis supposé étudier cette liste, en plus de la montagne d'informations à propos de la princesse Christina Kaarsberg. Apparemment, il y a une façon particulière de s'adresser à la famille royale, et je suis sûr de me planter.

Pour quelle fichue raison est-ce que j'ai accepté cette mission ?

La réponse est simple : pour l'argent. Beaucoup d'argent.

Apparemment, mon amie Sophie a le bras long. Elle est un peu comme la marraine bonne fée d'*International Guy*. C'est grâce à elle que Skyler Paige est devenue notre cliente, et maintenant elle nous a décroché un contrat avec une princesse danoise, ou plutôt avec sa mère. C'est la première personne que je vais rencontrer en arrivant à Copenhague. Bien évidemment, tout cela est top secret. Personne ne doit savoir pourquoi je suis là ; seulement que je suis consultant auprès de la famille royale.

D'après ce que j'ai compris, nous avons pour mission d'aider la princesse qui est sur le point d'épouser le prochain roi du Danemark. Les informations de Wendy indiquent que le prince Sven, héritier du trône, a un large choix de fiancées. Apparemment, les prétendants au trône ne sont plus tenus d'épouser un membre d'une lignée royale. Cependant, le nouveau roi doit être un descendant direct du monarque précédent. La princesse Kaarsberg ne l'étant pas, justement, je ne comprends pas quelle est la véritable mission d'*IG*. Peut-être la mère essaie-t-elle de s'assurer que le prince choisisse une de ses deux filles.

Dans le doute, je reviens aux informations concernant la princesse Christina. Elle est ravissante, royale et élégante, avec un visage et un physique épatants. Sur la photo, ses cheveux châtains ondulés tombent sur ses épaules et sa frange arrive juste au-dessus de ses sourcils, attirant l'attention sur ses yeux bleu azur, comme le ciel d'un après-midi d'été. Sa bouche rouge carmin est en forme de cœur et son sourire narquois me rappelle celui de toutes les femmes coquines qui ont fini dans mon lit.

Je remarque immédiatement qu'elle n'a pas l'air sage d'une princesse guindée. D'ailleurs, j'en ai la preuve grâce aux photos de tabloïds la montrant en train de faire la fête dans les boîtes et les bars les plus branchés de Copenhague. Elle est tout sauf pudique, au contraire elle montre ses atouts dès que la nuit tombe. Il y a même des photos d'elle vêtue d'une minuscule robe rouge à sequins, si courte qu'elle couvre tout juste ses fesses. En même temps, elle a un corps superbe : une forte poitrine, une taille de guêpe, des hanches généreuses et des jambes divines. Tous les hommes doivent baver devant sa morphologie en huit, or je la vois toujours seule.

Une femme avec un tel sex-appeal mériterait d'être courtisée par toute la gent masculine du pays. Alors, quel est le problème ?

Encore une question à poser plus tard. En attendant, je fouille dans mon attaché-case pour en sortir le livre que j'ai acheté en allant à l'aéroport. *Dévoile-moi*, de Sylvia Day. La couverture suffit à elle seule à me faire frissonner de plaisir en pensant à la femme que j'ai laissée à New York. Je soupire et recule dans mon siège moelleux de première classe.

Que fait-elle en ce moment ?

Est-ce qu'elle pense à moi ?

Est-ce qu'elle arrive à dormir ?

La dernière question m'intéresse tout particulièrement, car je n'ai pas fermé l'œil depuis que j'ai quitté son lit il y a trois jours. Je n'aurais jamais cru que dormir avec elle aurait une telle influence sur ma vie, mais c'est bien le cas. Je ne cesse de penser à elle, perchée en haut de sa tour. Comme je suis une poule mouillée, je n'ai fait que lui envoyer des messages alors que je rêve d'entendre sa voix, j'en ai besoin, même.

J'avale une gorgée de gin tonic et laisse l'alcool me détendre. Je ferme les yeux et, comme toujours, c'est son visage qui apparaît. Avec ses yeux caramel, ses joues roses, ses lèvres gonflées, ses cheveux blonds étalés sur l'oreiller comme les rayons du soleil.

Embrasse-moi, chéri. Je l'entends dans ma tête, et ma peau se couvre de chair de poule. Je grince des dents et j'essaie d'oublier le besoin urgent que j'ai de la voir, de lui parler et d'être près d'elle. Cette magnifique Skyler Paige. La nana de mes rêves, ma pêche, et bien plus encore. Ces trois semaines avec elle ont été comme trois semaines à Disneyland, en encore plus amusant. Tout est fun chez elle, sa façon d'être, son humour, le pli de son nez quand elle sourit, son corps superbe, la façon qu'elle a de se retenir de ronger ses ongles quand elle est nerveuse. Et en plus de tout ça, elle adore le sexe au moins autant que moi. Toutes ces choses m'appellent et m'attirent, c'est instinctif, et je n'ai jamais connu ça avec une autre femme.

Depuis que je suis parti il y a trois jours, j'ai tout fait pour comprendre le sort qu'elle m'a jeté. La seule réponse que j'ai trouvée, c'est qu'elle est Skyler Paige, une célébrité et une déesse. Toutefois, ça ne colle pas, parce qu'elle n'est en rien la personne qu'elle est sur l'écran. Chez elle, dans son penthouse, c'est une nana simple et naturelle. Elle mange des sandwichs de confiture et de beurre de cacahuètes, elle marche pieds nus, elle empile les sautoirs et les bracelets, et elle porte des débardeurs et des jeans, certains sont classe, d'autres ont vu des jours meilleurs, mais tous lui vont comme un gant. Elle n'est jamais coiffée. Ses cheveux sont lâchés ou relevés en chignon, mais ils sont toujours sauvages. Elle ne ressemble en rien à la femme que l'on voit sur les tapis rouges ou en couverture des magazines. Et... quand l'article sortira dans *People*, le monde entier le saura.

Finie la Skyler parfaite qui ne mange jamais de pizza et qui ne porte que des vêtements haute couture. Bientôt, le monde entier saura, comme moi, que Skyler Paige a une âme pure et sublime, beaucoup d'humour et les mêmes complexes que toutes les femmes de vingt-cinq ans qui veulent être acceptées et aimées pour ce qu'elles sont vraiment.

Je tapote la couverture du livre que j'ai acheté, celui que Skyler adore et qui lui fait penser à nous.

Nous.

Faire partie d'un « nous » est un concept nouveau pour moi. Je ne sais pas ce que cela implique en dehors du fait que je la désire et que je veux passer plus de temps avec elle. Si c'est ce que « nous » signifie, alors je suis partant. Je n'ai pas été dans une relation monogame depuis la fac.

Kayla McCormick. Cette garce. Cette salope. La femme qui a ruiné mon amour.

Je ne lui ai jamais pardonné d'avoir couché avec mon meilleur ami. Je revois encore mon diamant briller à son doigt, resplendissant, alors que Greg la prend par-derrière. Je n'oublierai jamais le moment où je les ai surpris ni les excuses qu'il a voulu me faire gober, répétant qu'il n'y était pour rien, que c'était elle qui l'avait séduit, qui l'avait forcé.

Quel loser !

Pour moi, il n'était pas question de leur pardonner. J'ai tiré un trait sur Kayla ainsi que sur Greg, mon meilleur ami. Royce et Bo m'ont prouvé leur amitié en envoyant eux aussi valser cet enfoiré, décrétant qu'un véritable frère ne coucherait jamais avec la femme d'un autre. À leurs yeux, c'est le pire des crimes, punissable par l'exclusion de notre groupe, de nos projets d'*International Guy* et de nos vies. Et ce, pour toujours.

Quant à Kayla, ils ont eu moins de mal à l'exclure. Ils ne lui avaient jamais fait confiance et ils m'avaient conseillé de m'en méfier dès le début, mais j'étais amoureux. Elle était la femme de ma vie. J'avais tort, bien sûr, et je me suis juré de ne plus jamais baisser ma garde. Je n'ai pas rompu ma promesse une seule fois... jusqu'à Skyler.

Je vide tout l'air de mes poumons et bois une autre gorgée. Sommes-nous exclusifs ? Le « nous » dont elle a parlé fait-il référence à un couple engagé ou à deux personnes qui se fréquentent régulièrement ? Nous étions d'accord pour que les choses restent simples entre nous et pour ne pas coller d'étiquette à notre relation.

Tout ce que je sais, c'est que je veux la revoir. Est-ce que ça signifie que je ne veux voir qu'elle ? Je suppose que l'avenir me le dira. J'imagine un autre homme la tripoter et je vide mon verre d'un trait avant de faire signe à l'hôtesse de m'en apporter un autre.

Merde. Je n'avais pas envisagé, jusqu'à présent, que Skyler puisse voir d'autres hommes. Je serre la mâchoire et fronce les sourcils.

Quel droit ai-je sur elle ? Nous avons passé trois semaines ensemble et nous sommes d'accord pour nous revoir quand l'envie nous prendra. Jusqu'à maintenant, nous avons échangé quelques messages et elle m'a envoyé la photo la plus sexy que j'ai jamais vue. Je saisis mon téléphone et l'affiche.

Sa crinière sauvage encadre son visage et ses lèvres sont rougies, comme après que je l'ai embrassée. Elle couvre ses seins avec son bras, mais elle les remonte suffisamment pour me laisser voir une bonne partie de son décolleté. Peu importe qu'elle les cache, je connais par cœur cette poitrine.

– Waouh, quel veinard ! dit l'homme d'affaires assis à côté de moi en se penchant pour regarder Skyler. Eh, mais ce ne serait pas...

Il secoue la tête, comme s'il avait du mal à le croire.

– Laissez tomber.

Je fronce les sourcils et le fusille du regard. Il a l'air plutôt sympa. Il est mince, vêtu d'un costume haut de gamme, il porte des lunettes et ses cheveux sont coiffés en arrière. Il doit être cadre dans une entreprise. En fait, il me ressemble. Je suis également cadre dans une entreprise et je suis également vêtu d'un costume haut de gamme, même si le mien est bien plus branché. J'ai pris soin de mettre un de mes plus beaux costards, d'ailleurs c'est celui que je portais lorsque j'ai emmené Skyler dans ce restaurant italien, le soir où j'ai été pris en photo à ses côtés par les paparazzis qui ont essayé, en vain, de découvrir qui était l'homme à ses côtés.

L'avantage de ne pas être célèbre, c'est qu'on peut préserver sa vie privée. Je sais que si je continue à voir Skyler, mon nom finira par apparaître dans la presse, mais le fait d'être au bras d'une femme sublime ne peut pas faire de mal à ma réputation. Quant aux médias, je n'ai qu'une chose à dire : qu'ils aillent se faire foutre !

– Désolé, dit mon voisin. J'ai tourné la tête à ce moment-là et quand on voit une femme sublime, ce n'est pas facile de détourner son regard, explique-t-il d'un ton sincère.

– Non, c'est vrai, je concède.

– Vous êtes sacrément chanceux d'avoir une femme aussi belle, ajoute-t-il en souriant. C'est votre femme ?

– Non.

– Je ne sais pas vous, poursuit-il en souriant, mais si j'avais une femme comme elle à la maison, je lui passerais la bague au doigt dès que possible. Vous avez forcément remarqué que c'est le portrait craché de Skyler Paige, non ?

– Ouais, c'est vrai qu'elle lui ressemble, je réponds en riant.

– On dirait des sœurs jumelles ! Mais veuillez pardonner mon impolitesse, je suis Lawrence Burn, je travaille dans le domaine pharmaceutique, dit-il en me tendant la main. Appelez-moi Larry.

– Parker Ellis, je réponds en la serrant. Je suis consultant.

– Ah ? Dans quel domaine ?

– Je fais un peu de tout. Mes partenaires et moi aidons des clients de grande notoriété à résoudre des problèmes divers et variés.

– Comme quoi par exemple ? demande Larry en buvant une gorgée de whisky.

Il se tourne complètement vers moi, l'air détendu, sincèrement intéressé par mon travail.

– Ça peut être tout et n'importe quoi. Récemment, on est intervenus auprès d'une femme qui avait repris les rênes de l'entreprise familiale et on lui a enseigné l'art de diriger tout en l'aidant à gagner en confiance, autant sur le plan personnel que professionnel. Nous avons également assisté quelqu'un du show-business qui avait perdu le goût de jouer. J'ai trouvé la source du problème et j'ai travaillé à ses côtés pour qu'elle puisse de nouveau exercer sa passion. Bien sûr, nous acceptons également des missions plus classiques de conseil en management et financier et, parfois, nous jouons même les entremetteurs… pourvu que le prix soit juste, j'ajoute avec un clin d'œil. Honnêtement, ça dépend du problème. Nous faisons un peu de tout, nous sommes des consultants de l'extrême.

– On dirait que vous vous êtes créé une niche intéressante.

– J'aime à le penser, oui.

– Je peux avoir votre carte ? demande-t-il.

– Vous avez besoin de conseils hors du commun ?

– Pas pour l'instant, répond-il en riant, mais on ne sait jamais ce que l'avenir nous réserve.

Je sors une carte de mon attaché-case et la lui donne.

– Vous n'avez pas tort.

– Vous vous appelez *International Guy* ?

L'hôtesse apporte mon second gin tonic et repart avec le verre vide.

– C'est ça, je réponds en buvant une gorgée, savourant la touche de citron vert qui réveille mes papilles.

Mon voisin finit son whisky et fait signe à l'hôtesse de lui en apporter un autre.

– Dites-m'en davantage.

◆◆◆

Le soleil est sur le point de disparaître à l'horizon lorsque l'Audi Q5 aux vitres teintées s'arrête en douceur devant le Kaarsberg Slot. D'après les notes de Wendy, *Slot* veut dire « château » ou « palais ». Je descends de la voiture et j'avale une grande bouffée d'air frais en regardant les bâtiments majestueux et les jardins qui s'étendent à l'infini, envahi par une sensation de grande plénitude.

Le palais n'est pas des plus grands. On dirait plutôt une grande maison de maître, nichée dans une vallée et entourée d'arbres. La campagne danoise me rappelle beaucoup la partie huppée de la Géorgie, aux États-Unis, avec ses pelouses immaculées à perte de vue. Je suis face à un bâtiment blanc couronné d'un toit en ardoise, avec une tour en son centre. Une douzaine de fenêtres hautes et rectangulaires ornent la façade à intervalles réguliers, et ce sur trois étages. C'est loin d'être le plus grand palais que j'ai vu, surtout par rapport à ceux que j'ai visités lorsque j'ai fait le tour de l'Europe entre deux années de fac.

Les nanas adorent tout ce qui touche à la royauté, inutile d'en dire plus.

– Je vais garer la voiture et porter vos affaires à votre chambre, Monsieur Ellis.

– Je peux les prendre... je commence, mais le chauffeur secoue la tête.

Il repasse derrière le volant et démarre alors que la porte du palais s'ouvre sur un homme en queue-de-pie, certainement le majordome. L'homme, la cinquantaine, a un fort accent danois. Sans doute a-t-il travaillé toute sa vie pour la famille Kaarsberg.

– Sa Majesté la princesse Mary Kaarsberg vous attend, Monsieur Ellis. Veuillez entrer et me suivre au salon.

Mes chaussures couinent sur le sol en marbre blanc, mais je fais de mon mieux pour paraître calme et serein.

Cette mission est étrange, c'est certain, mais tous nos contrats sont hors du commun. Cette fois, on ajoute simplement « famille royale » à la liste de nos clients.

– Par ici, M. Ellis. Son Altesse est déjà installée, dit-il en ouvrant une porte. Majesté, je vous présente Monsieur Parker Ellis.

Une grande femme, vêtue d'une robe trapèze jaune, tourne le dos à la fenêtre devant laquelle elle se tient. Ses cheveux blonds brillent dans la lumière du soleil couchant.

– Monsieur Ellis. Merci d'être venu.

– C'est un honneur d'être dans votre merveilleux pays, Votre Altesse.

– Tout d'abord, Henrik, dit-elle en désignant l'homme qui m'a ouvert, sera votre valet pendant votre séjour. Vous êtes l'invité du Kaarsberg Slot et de la famille royale. Il vous servira également de chauffeur et il répondra à tous vos besoins. N'hésitez pas à faire appel à lui.

J'ai mon propre valet ? C'est tellement cool ! J'ai hâte de le dire aux gars, surtout à Royce qui serait particulièrement ravi d'être à ma place. À peine arrivé, je suis sûr qu'il demanderait à Henrik de repasser ses costumes et ses chemises.

– Merci, Votre Altesse. Henrik...

Je le salue en lui faisant un signe de la tête.

– Ce sera tout, Henrik, dit-elle au majordome qui disparaît sans un bruit. Asseyez-vous, Monsieur Ellis, je vous en prie.

Elle désigne un des canapés vert olive. La pièce est décorée dans des tons de vert, d'or et de crème. Elle choisit de s'installer dans un fauteuil blanc cassé avec des broderies dorées à motifs cachemire. Elle se tient droite comme un piquet et son langage corporel me dit qu'elle n'a pas l'intention de tourner autour du pot.

– Votre Majesté, je comprends le besoin de rester discret jusqu'à présent, mais maintenant que je suis ici, pourriez-vous m'expliquer ce que vous attendez d'*International Guy* ? Nous avons beau aider nos clients dans bon nombre de problèmes, je n'ai jamais été dans cette situation. Je dois avouer ne pas la comprendre.

– Monsieur Ellis, ma fille, la princesse Christina, a été choisie par le prince héritier pour être son épouse.

– Et elle ne veut pas l'épouser ?

Elle secoue la tête et joint sagement ses mains sur ses cuisses.

– C'est tout l'inverse. D'après ce que je sais, et ça ne vient pas de la bouche de ma fille, hélas... ajoute-t-elle en fronçant les sourcils, révélant par là que mère et fille sont en désaccord et que Christina ne se confie pas à sa mère.

Cette information me sera utile pour plus tard.

– D'après ce que j'ai compris, Christina tient beaucoup au prince héritier. Ils se connaissent depuis toujours et, au fil des années, j'ai été moi-même témoin de leur rapprochement.

– Alors, où est le problème ?

Je me penche en avant et pose mes coudes sur mes genoux, appuyant mon menton dans mes mains.

– Je n'en suis pas sûre. Le père du prince héritier, le roi du Danemark, est tombé très malade durant cette dernière année, et il y a quelques mois, Sven a perdu son frère aîné, l'héritier apparent[1], dans un terrible accident

1. L'héritier apparent est l'héritier le premier dans l'ordre de succession, qui ne peut être empêché d'hériter par la naissance d'une autre personne. (NdT, ainsi que pour toutes les notes suivantes)

de cheval. Sven est donc devenu l'héritier du trône. Depuis, Christina se comporte de manière étrange. Elle sort à toute heure de la nuit et se fait photographier par les paparazzis, vêtue des robes les plus courtes, apportant le déshonneur à notre famille. Que savez-vous de la monarchie danoise, M. Ellis ?

– Hélas, très peu de choses, Madame.

– Je vois, répond-elle. Alors, je vais vous faire part de ses aspects les plus importants. La dynastie est divisée en quatre lignées. Le roi Frederik est à la tête de la branche régnante. Seul un de ses descendants directs peut hériter du trône et, après la mort d'Enok, Sven est devenu l'héritier apparent. Cela fait trois générations que le monarque se marie en dehors de la noblesse. En choisissant une épouse noble, Sven créera un lien entre notre lignée et le trône, ce qui aura de grandes et belles conséquences pour l'histoire du pays et sa monarchie.

– Donc, pour résumer, le prince héritier va devenir roi du Danemark et lorsqu'il épousera votre fille, elle deviendra reine. Quel est le problème ? En dehors du fait que votre fille s'est dévergondée ces derniers mois ?

– Le problème, Monsieur Ellis, est que ma fille a déclaré qu'elle ne voulait pas être reine.

J'ouvre la bouche pour répondre, mais je ne trouve pas ma voix.

– Elle veut que le prince épouse sa sœur, Elizabeth.

– Je ne suis pas sûr de bien comprendre. Votre fille veut refourguer le futur roi à sa sœur ! je m'exclame en éclatant de rire.

La princesse me fusille du regard. Apparemment, ma réponse ne lui plaît pas. Je sens des gouttes de sueur sur mon front et je réalise que je dois me montrer plus prudent et bien plus professionnel avec cette femme.

– Si vous avez fini... gronde-t-elle.

– Veuillez m'excuser, Votre Altesse. Poursuivez, je vous en prie, dis-je d'un ton gêné.

– La princesse Elizabeth serait ravie d'accepter d'épouser le prince héritier. Il est plutôt beau garçon, il est juste et gentil. Hélas, le prince ne veut que Christina. Il n'acceptera aucune autre femme. C'est là que vous intervenez...

Je fronce les sourcils, alors que ses yeux bleus brillent de malice. Nous nous dévisageons quelques instants, comme si nous étions en duel, mais c'est elle qui gagne. Je baisse les yeux et lorsque je relève la tête vers elle, je découvre qu'elle n'a pas bougé d'un iota.

– Vous devez remettre ma fille dans le droit chemin, Monsieur Ellis, vous devez l'apprivoiser, la préparer à épouser le prince, et la convaincre de devenir reine du Danemark.

Tout est dit.

CHAPITRE 2

Apprivoiser une fichue princesse. Pour l'apprivoiser, il faudrait déjà que je la trouve !

– C'est plus facile à dire qu'à faire, je grommelle en ouvrant la porte du bar.

C'est le dernier sur la liste que Wendy m'a envoyée. Je l'ai appelée pour lui demander de dénicher les adresses que la princesse a l'habitude de fréquenter et elle a fait appel à ses talents de hackeuse pour tracer les cartes de crédit de la jeune femme ainsi que les tags des réseaux sociaux et les photos des tabloïds.

Jolene est un petit bar à l'atmosphère détendue, servant des bières artisanales à une clientèle jeune qui vient écouter le DJ ou les groupes en live. Ce soir, c'est un DJ. La salle est éclairée d'une étrange lumière rouge qui ne va pas m'aider à trouver la jeune femme brune aux yeux bleus. Si elle est là...

Frustré, fatigué et mort de faim, j'avance vers le bar et je commande une pression.

– Dure soirée ? demande la barmaid.

Elle est très maigre et est vêtue d'un jean moulant et d'un petit débardeur. Ses cheveux noirs sont coupés au carré et ce n'est pas le meilleur choix pour elle. Toutefois, elle a un superbe sourire et des yeux de biche. Elle mesure au moins un mètre quatre-vingts et ses jambes sont immenses, la pauvre va devoir se trouver un joueur de basket.

J'avale une grande gorgée de bière en la terminant par un « Ah » satisfait. Après sept heures et demie de vol, après avoir parlé à la princesse Kaarsberg et passé plusieurs heures à fouiller les bars et les boîtes de la ville sans succès... je suis sur les rotules.

– On peut dire ça, oui. Est-ce que vous servez à manger ?

– Ça dépend de ce que vous voulez.

– N'importe quoi. Un burger, un steak-frites. Je prends ce que vous avez.

Mon estomac gargouille, mais on ne l'entend pas à cause de la musique.

– On sert des burgers, mais ça n'a rien à voir avec ce que vous avez aux États-Unis.

– Peu importe, je ne suis pas chauvin. Toutes les nationalités de burger m'intéressent, je réponds en lui lançant un clin d'œil. Mais si vous me le déconseillez, qu'est-ce que vous me recommandez ?

– Si vous voulez goûter une spécialité danoise, je vous suggère le *frikadeller smørrebrød.* C'est une sorte de tartine de pain de seigle avec des boulettes de viandes gratinées au fromage...

Je lève la main pour l'arrêter.

– C'est bon, je suis convaincu, vous avez dit les mots magiques : boulettes de viande et fromage. Je suis affamé.

– Ça roule, répond-elle en se dirigeant vers la cuisine.

Je bois ma bière lentement en balayant la salle des yeux, regardant les gens se trémousser sur la petite piste de danse. D'autres clients sont assis autour de tables rondes et crient pour se faire entendre. J'étudie la foule. Mon regard s'arrête sur une silhouette solitaire qui avance vers moi. Elle est grande, des courbes généreuses et des cheveux bruns ondulés. Sa robe moulante offre une belle vue sur son décolleté et elle s'arrête à mi-cuisses. Normalement, la bête l'aurait remarquée immédiatement, mais il y a quelque chose de familier chez cette femme.

Elle avance vers le bar où je suis assis. Un des spots illumine soudain son visage, révélant des yeux bleus, des cheveux bruns, une bouche en forme de cœur et une moue séductrice.

Bon sang ! La bombe qui vient de s'accouder à mes côtés, suivie par deux gardes du corps à l'air particulièrement menaçant, n'est autre que ma cible. La princesse Christina.

– Je peux m'asseoir ? demande-t-elle en me regardant de côté avec un sourire pincé.

Je désigne le tabouret :

– Je vous en prie.

Elle s'installe et croise ses jambes infinies, m'offrant un bel aperçu de ses cuisses musclées. Je comprends que le prince héritier soit dingue d'elle. Elle est canon. J'avale ma salive et me racle la gorge avant de lui tendre la main.

– Parker.

Elle hausse un sourcil et soupire avant d'accepter de me serrer la main.

– Christina.

– C'est un beau prénom pour une belle femme, je dis, suivant mon instinct.

Elle lève les yeux au ciel et tourne la tête de l'autre côté. J'attends sa réponse, certain qu'elle va arriver.

Trois.

Deux.

Un.

– Je parie que vous dites ça à toutes les femmes, rétorque-t-elle d'un ton ennuyé et condescendant.

– Qu'est-ce qui vous fait dire ça ? je réponds en dégainant mon sourire le plus suffisant, celui qui fait craquer toutes les dames.

– Sans doute le fait que j'ai entendu cette phrase une bonne centaine de fois.

Je bois une gorgée de bière et la laisse poursuivre. Elle passe sa main dans ses longs cheveux, ignorant sans doute combien les hommes trouvent ce geste sexy. Si elle essaie de ne pas l'être, c'est raté.

– Les hommes veulent tous la même chose. Peut-être que je suis simplement venue ici pour boire une bière.

– Ah oui ? je rétorque en ricanant. Si c'est le cas, pourquoi êtes-vous vêtue d'une minirobe et de talons aiguilles ?

Elle s'accoude au bar et tourne la tête vers moi, m'offrant un sourire faussement pudique.

– Peut-être que je voulais simplement être belle... pour moi.

– Désolé, Princesse, mais vous ne me ferez pas gober ça. Ni à moi ni aux autres hommes présents dans ce bar. Ce qui m'intéresse, c'est pourquoi vous le faites.

– Alors, comme ça, vous savez qui je suis. Peu importe. Tout le monde le sait ici, dit-elle en dégageant ses cheveux.

La barmaid pose mon assiette devant moi. Et j'ai l'eau à la bouche en sentant l'odeur divine du plat. Je sors les couverts de la serviette, que je pose sur mes cuisses, et je me prépare à dévorer la spécialité suédoise.

– J'en sais davantage sur vous que vous ne le pensez, Christina, je déclare avant de couper ma tartine, m'assurant qu'il y a à la fois de la viande, du fromage et du pain sur ma fourchette.

L'explosion de saveurs est un véritable feu d'artifice culinaire. Les épices, la viande, le fromage et la sauce sont divins et je me dépêche d'avaler ma bouchée pour en prendre une autre.

– Vous ne savez rien. D'ailleurs, si j'en crois votre accent, vous êtes américain. Vous êtes sans doute un homme d'affaires à la recherche d'une nana avec qui passer du bon temps. Eh bien... Parker, ce ne sera pas moi. De toute façon, je suis prise, déclare-t-elle d'un air prétentieux.

Je hausse les sourcils et la regarde droit dans les yeux.

– Ah oui ? D'après les tabloïds que j'ai lus, vous êtes libre comme l'air. Il y a quelque temps, il y a eu des rumeurs selon lesquelles vous alliez peut-être épouser un prince. Ce n'est plus le cas ?

– C'est ma sœur qui va l'épouser.

– Ah bon ? La princesse Elizabeth ?

– Oui, gronde-t-elle d'un ton amer, comme si la réponse la faisait souffrir.

– Hmmm. Voyez-vous, quand j'ai rencontré votre mère tout à l'heure, ce n'est pas ce qu'elle m'a dit. D'après ce que j'ai compris, c'est vous que veut le prince Sven.

Elle m'étudie en me fusillant du regard.

– Qui êtes-vous ? Pourquoi parlez-vous à ma mère ? demande-t-elle en se redressant et en se rapprochant de moi.

Je prends une nouvelle bouchée du délice danois, puis je lève mon verre en direction de la barmaid pour la remercier de son conseil. Elle sourit, tout en continuant de s'occuper d'un autre client.

– Répondez-moi ! aboie Christina.

Lorsque j'ai fini ma bouchée et avalé une gorgée de bière, je me tourne vers elle et appuie un coude sur le bar pour être plus confortable. Je lui tends ma carte.

– Je suis un consultant venu des États-Unis. C'est votre mère qui m'a engagé.

– Parker Ellis, CEO[2], *International Guy Inc.*, dit-elle en la parcourant.

– C'est moi.

– Et qu'est-ce que vous faites ?

– Un peu de tout, je réponds en haussant les sourcils. En l'occurrence, votre mère m'a donné pour mission de vous convaincre d'épouser le prince.

– Vous plaisantez !

Je secoue la tête et découpe une nouvelle part de tartine.

– Je crains que non, Princesse, je réponds en enfournant une nouvelle bouchée.

Christina se tourne vers le bar et lève la main.

– Il va me falloir deux shots de whisky, dit-elle à la barmaid qui hoche la tête et s'exécute.

Du whisky ? J'adore.

– Je prendrai la même chose, je dis à la serveuse. Mettez ça sur ma note.

---

2. PDG.

– Je n'ai pas besoin que vous payiez mes verres.

– Je vous dois bien ça, après vous avoir prise en traître.

– Alors, votre présence ici n'est pas une coïncidence. Comment m'avez-vous trouvée ?

– Princesse, vous croyez vraiment que c'est difficile ?

– Je suppose que non, répond-elle. Être célèbre a ses désavantages. On n'est tranquille nulle part.

– Oh, je ne sais pas. Si vous habitiez dans un château immense comme celui du prince, il y aurait sans doute des dizaines de pièces où vous pourriez être seule.

Elle soupire et se masse le front alors que la barmaid pose nos shots sur le bar. La princesse en saisit un et, sans même me regarder, elle le vide d'un trait. Il semblerait que cette nana soit pressée d'être saoule.

– Eh ben… moi qui allais porter un toast ! je dis en riant.

Christina sourit brièvement et se tourne vers moi, le second verre à la main.

– Allez-y… j'attends.

Je lève mon verre et la regarde droit dans les yeux.

– Buvons au jour où vous assumerez votre avenir.

Elle ferme les yeux et vide le shot. Elle est sur le point de parler quand un de ses gardes approche et chuchote à son oreille.

– Est-ce qu'ils ont pris la petite princesse parfaite en photo avec Mère et Père ? demande-t-elle.

Le garde hoche la tête.

– Bien. Et ils sont ici, maintenant ?

– Oui, Madame.

– Parfait. Alors, c'est parti.

Elle sourit et se lève, puis elle remonte sa robe sur ses cuisses, à tel point que c'est indécent. Elle se penche en avant, secoue ses seins, et tire sur le tissu de sorte que ses seins débordent presque du vêtement.

– C'est quoi ce cirque ? je m'étonne.

– Je dois y aller, déclare-t-elle en ébouriffant ses cheveux avant de tourner les talons.

Sans réfléchir, je saisis son poignet pour l'arrêter, mais son garde empoigne fermement mon épaule.

– Lâche-la, mec. Je suis capable de te tuer sur place, et j'ai l'autorisation de le faire, gronde-t-il.

Je déglutis et lâche son poignet.

– Attendez...

Elle se retourne et me regarde par-dessus son épaule.

– Je ne peux pas. Les paparazzis sont là et ils veulent un beau spectacle.

– Mais...

– Salut, Parker, dit-elle en s'éloignant avec un signe de la main.

J'envisage de la suivre, mais honnêtement, entre les shots, la bière, mon estomac plein de fromage fondu et le décalage horaire, je suis épuisé et j'ai l'impression d'être collé à ma chaise.

Je passe mon tour.

– Qu'est-ce qui vient de se passer ? je dis en secouant la tête.

Je me tourne vers la barmaid qui est devant moi et regarde la princesse se faufiler à travers la foule.

– Elle ne devrait pas faire ça, murmure-t-elle.

– Faire quoi ? je demande en m'appuyant sur le bar pour mieux l'entendre.

– Tout ce cinéma pour les paparazzis.

– Comment ça, ce cinéma ?

– Faire semblant d'être vulgaire et dévergondée, répond-elle en secouant la tête d'un air attristé.

– Elle fait semblant ? Mais pourquoi ? je demande en réalisant que la jeune femme est plus vive d'esprit que moi.

– Ce n'est pas évident ?

– Pas pour moi, non.

– Elle fait ça pour abîmer son image. Je parie que demain il y aura des photos de Christina, l'air saoule et aguicheuse, aux côtés de celles de sa sœur, parfaitement sage. Mais les gens se trompent. Elle n'est jamais saoule. Ça fait des années que je la connais. C'est la première fois que je la vois boire plus d'un shot. Elle a une idée derrière la tête, mais je ne vois pas laquelle. Bref, voilà votre addition. Vous semblez sur le point de vous endormir dans votre assiette.

Je hoche la tête et lui tends ma carte bleue.

– C'est vrai. Vous pouvez m'appeler un taxi ?

– Bien sûr.

Elle s'éloigne pour téléphoner et je termine ma bière en repensant à ce qu'elle vient de dire et au comportement de la princesse. C'est comme si elle attendait que la presse arrive pour sortir le grand jeu. Elle montre ses seins et ses fesses pour se donner un air vulgaire. Mais à quelle fin ?

La question me taraude alors que je sors du bar dans la nuit froide. Je boutonne ma veste en regrettant de ne pas avoir pris mon manteau.

Le taxi arrive, je lui donne l'adresse du Kaarsberg Slot.

– Vous êtes sûr ? C'est le palais royal.

– Oui, je suis sûr. Je travaille pour eux.

– On verra quand on arrivera au poste de garde.

– Ça ira, je vous le promets.

Il hausse les épaules alors que mon téléphone vibre.

Je le sors de ma veste et étudie l'écran. Avant mon départ, j'ai demandé à Wendy d'y installer une alerte sur Christina Kaarsberg afin d'être au courant au moindre commentaire de la presse. Je clique sur le premier lien d'un magazine people.

« La guerre des princesses », annonce le titre, au-dessus d'une photo de Christina quittant le bar il y a une vingtaine de minutes. Ses seins débordent de sa robe, qui est si courte qu'on aperçoit le pli de ses fesses. Elle regarde les caméras en leur soufflant un baiser, comme si elle adorait être sous le feu des projecteurs. La photo est intitulée « Party Girl ». À côté, la princesse Elizabeth a été photographiée devant le restaurant d'un hôtel, entre sa mère et son père. Elle est souriante, vêtue d'une robe blanche qui lui arrive aux genoux, assortie de ballerines beiges. Ses cheveux blonds sont attachés en queue-de-cheval basse. Elle est la classe incarnée. L'ange parfait à côté du style diaboliquement sexy de sa sœur. Cette fois, la photo est intitulée « Sweet Girl[3] ».

Sous les deux photos se trouve un encart où le lecteur peut voter pour décider quelle sœur le prince héritier doit épouser.

Je regarde la photo pendant un bon moment. La personne avec qui j'ai discuté dans le bar ne ressemble en rien à celle qui est sur ces photos. C'est comme si elle cherchait à se faire détester par le public... comme si c'était prévu.

Je me rappelle alors qu'elle a demandé à son garde du corps si les paparazzis avaient pris sa sœur en photo avec ses parents. Elle fait exprès de nuire à son image.

---

3. Fille sage.

Les paroles de sa mère me reviennent en même temps.

« *Ma fille a déclaré qu'elle ne voulait pas être reine.* »

Je ris en regardant par la fenêtre. La princesse se sabote elle-même pour que le prince choisisse sa sœur. Je ne sais pas pourquoi elle agit de façon aussi extrême alors qu'elle pourrait simplement lui dire d'aller se faire voir. Enfin, peut-être pas en ces termes puisque c'est le futur roi, mais il doit bien y avoir un moyen de le rejeter sans passer par tout ce mélodrame.

J'ai encore plus envie de lui parler à présent, de comprendre comment elle réfléchit et pourquoi elle se comporte ainsi. Je comprends que sa mère veuille que je la ramène sur le droit chemin, mais si tout ça n'est que du cinéma, sa mère est le cadet de mes soucis. Il doit y avoir une autre raison. Il me manque une pièce du puzzle. Je ne baisserai pas les bras tant que je n'aurai pas la clé du problème.

Je suis sur le point de ranger mon téléphone quand il sonne, m'annonçant un message.

De : Ma pêche

À : Parker Ellis

J'espère que t'es bien arrivé au Danemark. J'ai rencontré l'équipe de tournage du prochain *Sauvage*. Tout s'est bien passé. On commence le tournage la semaine prochaine.

Je frissonne en voyant son surnom sur mon écran. Je suis tout de suite plus éveillé et, sans réfléchir, j'appuie sur le bouton pour l'appeler. Après tout, si elle m'écrit, c'est qu'elle ne dort pas.

– Allô, répond une voix suave.

– Ma pêche, je réponds en souriant.

– Je ne voulais pas risquer de te déranger en t'appelant, surtout si tu es occupé à apprivoiser une belle princesse, plaisante-t-elle.

Je ris et tiens le téléphone plus près de mon oreille, j'aimerais tellement être à ses côtés.

– Apprivoiser n'est peut-être pas le terme adapté...

– Ah bon ?

– Je ne crois pas qu'elle en ait besoin. Je n'ai pas encore compris à quoi elle joue, mais j'espère en savoir plus demain. Comment ça s'est passé avec l'équipe du film ?

– Super-bien. Je ne sais pas pourquoi j'étais aussi nerveuse. Je suppose que comme j'ai annulé mes derniers engagements, j'avais peur que les choses aient changé.

– Et c'était le cas ?

– Pas du tout. Tout le monde était normal, dit-elle d'un ton soulagé.

– Oh, Sky, c'est génial, je chuchote.

– Et j'ai prévu des répétitions avec Rick, mon partenaire. J'espère que ça va m'aider à me détendre encore un peu.

– Rick ? Tu parles de Rick Pettington, le mec avec qui le monde entier était persuadé que tu sortais ?

– Euh... ouais. Mais tu te rappelles que je t'ai dit que c'était surtout pour de faux ?

– Surtout ?

– Parker... gronde-t-elle d'une voix sexy qui réveille immédiatement la bête.

– Je sais qu'on n'en a pas parlé, mais... Mince, je ne sais pas comment le dire sans passer pour un enfoiré, je râle en passant ma main dans mes cheveux.

– Quoi ?

– Je ne veux pas que tu le fréquentes.

– Il le faut bien, espèce d'andouille, répond-elle en riant. C'est le premier rôle masculin du film.

– Non, je veux dire sur un plan personnel. Un plan amoureux.

– Ah... soupire-t-elle. Et toi et ta princesse ?

– Ce n'est pas ma princesse. C'est la princesse du prince, et il veut qu'elle soit sa reine. Tu n'as pas à t'inquiéter.

Elle acquiesce en fredonnant et ma queue tressaute aussitôt.

– Je n'ai pas l'intention de sortir avec Rick, déclare-t-elle.

– Tant mieux.

J'empoigne mon sexe et pousse un grognement, essayant de le soulager un peu, mais il veut Skyler et ça ne marche pas.

– Qu'est-ce qui se passe ? Je te manque ?

– Tu manques à ma queue, je rouspète à voix basse.

Elle éclate de rire et je regrette de ne pas pouvoir la voir pencher la tête en arrière, comme elle a l'habitude de le faire. Elle est divine lorsqu'elle le fait.

– Oh, je manque au cobra ?

Le cobra ?

– Eh bien, il me manque aussi, mais c'est surtout ta bouche qui me manque, susurre-t-elle d'une voix suave qui me fait grogner de nouveau.

– Ma pêche... il faut que tu arrêtes de me faire penser à ça. Je suis beaucoup trop loin de toi pour faire quoi que ce soit. Et puis, je suis dans un taxi.

– Pauvre chaton, glousse-t-elle. Si j'étais là, je te soulagerais avec un bisou magique.

– Bon sang, tu es machiavélique, je gronde alors que ma queue durcit de plus belle.

– Désolée, dit-elle en riant, mais tu me manques.

– Toi aussi. Je ne sais pas quand je vais rentrer.

– Tu m'appelles bientôt ? demande-t-elle d'une voix pleine d'espoir.

Si seulement elle savait que je me retiens de l'appeler tous les soirs quand je me couche et tous les matins au réveil ! Mais je ne peux pas faire ça, ce serait injuste pour elle. D'ailleurs, j'ai une mission ici, et elle doit se concentrer sur son prochain film.

Ce fichu Rick Pettington.

– Promis, je réponds.

– Bye, chéri, dit-elle avant de raccrocher.

Chéri.

Ce mot suffit à réveiller mon côté fleur bleue, celui que je ne montre qu'à mes parents et mes amis. Merde. Un seul mot, et je suis foutu.

Le taxi s'arrête au poste de garde.

– Comment vous avez dit que vous vous appeliez, Monsieur ? me demande le chauffeur.

– Parker Ellis.

Il le répète au garde et le portail s'ouvre.

Je passe mes mains sur mon visage. Le taxi m'emmène à l'arrière du palais et je suis surpris de voir qu'Henrick m'y attend avec la porte ouverte. Je paie le taxi et sors du véhicule.

– Je vous emmène à votre chambre, Monsieur.

– Merci de m'avoir attendu, Henrik. À aucun moment je me suis demandé où j'allais dormir après avoir trouvé la princesse.

– Bien sûr, Monsieur. Par ici. J'ai déjà ouvert votre lit. La porte de gauche, c'est votre salle de bains privée, dit-il en pénétrant dans une chambre. Si vous avez besoin de quoi que ce soit, appuyez sur le bouton à côté de votre lit et quelqu'un viendra. Bonne nuit.

– Bonne nuit, Henrik.

Il referme la porte et je me déshabille immédiatement. Je me brosse rapidement les dents et je me couche à poil. Je devrais penser à la princesse et à la manière dont je vais résoudre le problème, mais c'est une déesse blonde qui accapare mes esprits et je m'endors, un sourire aux lèvres.

CHAPITRE 3

– Plus fort, chéri…

Skyler se cambre sous moi, cherchant à atteindre le septième ciel, mais je ne suis qu'un égoïste et je n'en ai pas fini avec elle. Je n'en aurai jamais fini.

– Pas encore, je réponds en caressant son dos en sueur.

Elle est à quatre pattes et elle frissonne de plaisir lorsque je dessine un cercle avec mes hanches. Elle se contracte et les parois de son sexe se resserrent sur le mien, comme pour l'y emprisonner à jamais. Un plaisir intense m'envahit un peu plus à chaque étreinte de son vagin, enveloppant ma queue dans une chaleur exquise.

– Bon sang, ma pêche ! je gronde en serrant les dents avant de me retirer pour m'enfoncer brusquement en elle.

– Oui ! Parker… s'il te plaît !

J'adore qu'elle me supplie, ça me rend dingue.

Mes testicules se raidissent et des frissons partent de mon gland pour remonter dans mon torse et se précipiter dans mon dos, mes bras et mes doigts, pour finir dans mes jambes et mes orteils. Je la sens partout. Elle m'enveloppe. Mais ce ne sera jamais assez.

Chaque fois avec Skyler est intense, une expérience comme je n'en ai jamais connu. Je plonge mes doigts dans ses cheveux et les empoigne fort, comme elle l'aime, je sais que lorsque la douleur la saisira, elle inondera mon sexe de son élixir. Je me retire et m'enfonce avec encore plus de force en tirant sur ses cheveux.

Comme prévu, elle explose comme une grenade.

Je la chevauche avec des va-et-vient rapides en lui disant combien elle est belle et combien j'aime la sauter.

– Monsieur Ellis.

Une voix étrange résonne autour de moi, mais je continue mes allers-retours, obsédé par ma pêche exquise. Elle embaume l'air qui nous entoure de son odeur de... rose ? Le parfum remplit mes narines et je fronce les sourcils. Ma nana sent les pêches à la crème. Pas les fleurs. Elle n'a jamais porté de parfum floral.

Je tousse, saisis ses hanches, et je suis sur le point de jouir quand je l'entends de nouveau. C'est lointain, mais cela suffit à interrompre mon euphorie.

– Monsieur Ellis...

Je sens une main tapoter mon épaule.

J'ouvre les yeux et les referme aussitôt, ébloui par la lumière du jour. Je ne suis pas dans ma chambre ni dans celle de Skyler. Ma tête est enfouie dans l'oreiller et mon bassin s'enfonce frénétiquement dans le matelas. Ma queue est dure comme fer et je suis prêt à éjaculer à tout moment.

Merde. Ce n'est qu'un rêve.

Je pousse un grognement et tourne la tête sur le côté, pour me trouver nez à nez avec ma cliente.

La princesse Christina.

Elle sourit d'un air faussement timide et m'étudie de la tête aux pieds. À en croire la brise qui chatouille mes fesses, les draps ont glissé et je suis nu sur mon lit.

– Dois-je vous laisser seul avec le lit ? demande-t-elle avec un sourire moqueur. Le matelas ne va pas vous oublier de sitôt. D'où je me tiens, vous avez l'air de savoir vous y prendre.

Je tends la main derrière moi et saisis la couette pour me couvrir. Je me tourne sur le côté pour m'assurer que la bête est cachée.

La princesse se lève du lit et va au chariot du petit déjeuner qui est apparu dans la chambre comme par magie.

Henrik, ce coquin.

Christina se sert une tasse de café et y ajoute du lait et deux sucres. Elle le mélange avec une petite cuillère qu'elle fait tinter sur le rebord de la tasse.

– Qui est Skyler ? demande-t-elle avant de boire une gorgée.

– J'adorerais un café, je réponds en ignorant sa question. Je le bois noir. Merci, Princesse.

Je ramène le drap sur moi pour m'en envelopper et je m'assois au bord du lit. Mes paupières me brûlent, le décalage horaire est violent. Je me sens mollasson, déshydraté et épuisé. Je pourrais boire deux litres d'eau d'un trait.

– Vous aviez l'air très... excité à prononcer son prénom.

– Il vient, ce café ? je grommelle.

– Qui est Skyler ? répète-t-elle.

– Si je vous le dis, vous me donnerez un café ?

– Oui, dit-elle en souriant.

– C'est une femme que je fréquente.

Je réponds d'une voix neutre, mais mon cœur bat la chamade et une excitation étrange, mais pas désagréable, s'empare de moi.

Christina me tourne le dos pour remplir ma tasse, qu'elle pose sur la sous-tasse.

– Et ça ne vous a pas empêché de me draguer hier soir ? demande-t-elle en haussant un sourcil et en me tendant la tasse.

– Je ne vous draguais pas, Princesse. Je cherchais à comprendre.

– Et qu'avez-vous compris ?

Elle avale une gorgée et s'assoit au pied de mon lit, parfaitement à l'aise avec le fait qu'un homme nu se tienne à quelques mètres d'elle. Elle se comporte comme si nous étions assis à table pour un petit déjeuner tout à fait normal.

Je pense à sa question en buvant quelques gorgées. Le breuvage est délicieux – fruité, frais, avec juste ce qu'il faut d'amertume. Cela dit, je n'en attendais pas moins d'une demeure royale.

Je me tourne pour la regarder dans les yeux.

– D'après votre mère, vous ne voulez pas être reine. Ce sont ses mots, pas les miens.

– Et les vôtres ?

– Je crois que vous avez peur.

Elle éclate de rire, mais cela sonne faux. Je crois que j'ai tapé dans le mille.

– C'est absurde. De quoi aurais-je peur ?

– Du mariage. Des responsabilités. D'être à la tête d'un royaume. J'imagine que devenir reine implique énormément de sacrifices.

– Vous ne savez rien de moi, gronde-t-elle en fronçant les sourcils.

– Alors, dites-moi ce que je dois savoir, Princesse.

– Pourquoi je ferais cela ? Je ne vous dois rien, et ma mère se trompe si elle croit qu'elle peut vous embaucher pour me faire changer d'avis.

– Si vous le dites. Le seul problème, c'est que je suis ici pour un bon moment. Plus vite vous me parlerez, plus vite je pourrai dire à votre chère mère que je suis incapable de faire le travail pour lequel elle m'a engagé.

Elle m'étudie comme si elle ne me croyait pas.

– Vous feriez ça ? Vous lui diriez que vous ne pouvez rien pour moi et qu'elle doit laisser tomber ?

– Il n'y a qu'un moyen de le savoir.

Elle ferme la bouche et soupire.

– Que voulez-vous savoir ?

– Pourquoi voulez-vous que votre sœur prenne votre place de reine ?

– À l'évidence vous n'avez pas rencontré ma sœur.

– Non, c'est vrai.

– Vous comprendrez quand vous la verrez. Elle est née pour être reine. Elle est bien sous tout rapport, parfaite même. Elle rendra Sven et ma famille très fiers.

Je bois mon café et l'ai presque terminé lorsqu'elle me regarde.

– Un autre ?

– Avec plaisir, merci.

Je profite qu'elle me serve une autre tasse pour me lever et attraper mon boxer. Je l'ai tout juste enfilé qu'elle se tourne de nouveau, et je la vois me reluquer.

– Vous êtes un spécimen remarquable, Monsieur Ellis. Si vous étiez blond aux yeux bleus avec de longs cheveux, vous seriez exceptionnel. Je suis sûre que cette Skyler doit également rêver de vous.

Blond, aux yeux bleus, avec les cheveux longs.

Dans ma tête, je revois les infos que Wendy m'a envoyées sur la royauté danoise, et les photos du prince Sven.

– Vous venez de décrire le prince, il me semble, je dis en souriant jusqu'aux oreilles.

Elle fuit mon regard et se lèche les lèvres en haussant les épaules.

– Beaucoup d'hommes répondent à cette description. C'est mon type de mec, c'est tout.

Je glousse en enfilant mon pantalon.

– Vous venez d'admettre une information que vous aviez omis de mentionner jusqu'à présent.

– Que voulez-vous dire ?

– Vous venez d'admettre que vous en pincez pour le prince héritier !

Son langage corporel change du tout au tout et la jeune fille douce et élégante laisse place à une femme dure et stoïque.

– Je ne vois pas de quoi vous parlez.

– Plus vous le niez, plus vous vous enfoncez, Princesse. Ce n'est pas à moi que vous devez mentir, même si je suis curieux de savoir pourquoi vous tenez tant à caser votre sœur avec celui pour qui vous avez le béguin. En plus, il est fou de vous ! Tout le monde est gagnant dans cette situation, ma belle. Dites-lui simplement que vous acceptez de l'épouser, faites quelques jolis petits héritiers, et bim ! le problème est réglé.

Elle me fusille du regard, puis elle pose sa tasse et vient vers moi d'un pas décidé, frappant le sol avec ses talons aiguilles, s'arrêtant lorsque son visage est à quelques centimètres du mien.

Waouh. Elle est furax.

Elle lève un index et l'enfonce dans ma poitrine.

– Vous n'y comprenez rien. Il faut qu'il épouse Elizabeth. Elle est parfaite pour lui. Moi, non. Je ne suis pas faite pour lui. Maintenant, allez dire à ma mère que votre mission est terminée, remontez dans votre avion et retrouvez votre... votre Skyler ! Elle sera sans doute ravie de vous voir, elle !

Elle tourne les talons et s'enfuit en claquant la porte derrière elle.

Doux Jésus. Qu'est-ce qui vient de se passer ?

♦ ♦ ♦

Ne trouvant la princesse nulle part, je demande à Henrik de m'appeler un taxi. Il fait mieux encore et me conduit lui-même au centre de Copenhague, où je peux oublier un instant la royauté et passer en revue ce que j'ai appris jusqu'à présent.

– Henrik, depuis combien de temps travaillez-vous pour la famille Kaarsberg ?

– Je viens d'une longue lignée de serviteurs royaux, jeune homme. Mon père a servi la famille royale jusqu'à sa mort et j'ai pris sa succession, j'ai toujours travaillé pour eux.

Je hoche la tête et regarde les bâtiments aux formes étranges par la vitre. En périphérie, les immeubles ressemblent à des blocs de Lego multicolores. À l'inverse, les immeubles du centre historique sont plus traditionnels.

– Est-ce que vous savez pourquoi je suis ici ?

La princesse Mary m'a demandé d'être discret et de ne rien dire en dehors du fait que je suis consultant, mais Henrik pourrait s'avérer une précieuse source d'information.

– Il y a peu de choses que je ne sais pas, Monsieur Ellis.

– Pouvez-vous me parler de la princesse Christina et de sa relation avec sa sœur ?

– Elle n'a rien d'anormal, je vous assure. Quelques rivalités, mais rien d'inhabituel.

– Et leur relation avec leur mère, la princesse Mary ?

– Idem.

Hmmm. Je ne sais pas s'il ment pour protéger les secrets de famille ou s'il dit la vérité. Hélas, je ne saurai jamais, parce qu'il est fidèle à la famille royale et qu'à ses yeux je ne suis personne.

Je me mords la lèvre et cherche une question à laquelle il pourrait répondre directement.

– Et la relation de Christina avec le prince Sven ?

– Ils se connaissent depuis qu'ils sont bébés, répond-il en souriant. Ils ont grandi ensemble.

– Je suppose, s'il souhaite épouser Christina, qu'ils étaient proches ?

– Ils étaient ensemble jusqu'il y a quelques mois.

– Ensemble ? Vous voulez dire qu'ils étaient en couple ?

– Il aime énormément la princesse, dit Henrik, comme si c'était un fait et non une opinion.

– Alors, ce n'est pas surprenant qu'il ne veuille pas épouser Elizabeth.

– Pour lui, Princesse Elizabeth est comme une sœur. Il ne pourrait jamais partager son lit avec elle.

– Voilà qui est intéressant. Je suppose qu'Elizabeth et Christina en sont toutes deux conscientes ?

Il hoche la tête.

– Mais j'imagine que les sorties de Christina ne doivent pas lui plaire. Cela dit, si elle a toujours été comme ça... à sortir à toute heure de la nuit, à boire...

– Princesse Christina traverse une crise, gronde fermement Henrik. Je ne sais pas pourquoi elle se comporte ainsi. Il y a quelques mois, elle était aussi sage que sa sœur. Peut-être que vous devriez chercher à comprendre pourquoi ce changement s'est produit.

– Absolument. Je n'y manquerai pas.

Je recule dans mon siège et réfléchis en regardant le paysage défiler sous mes yeux.

C'est la deuxième personne qui dit que Christina se comporte de façon inhabituelle. Je ne crois pas que la princesse m'en dira davantage, je vais devoir creuser ailleurs.

– Est-ce qu'il serait possible de rencontrer le prince Sven ?

– Je contacterai son secrétariat et leur ferai part de votre requête en leur expliquant que vous venez de la part de la famille Kaarsberg.

– Merci, Henrik.

– Il n'y a pas de quoi, Monsieur, dit-il en s'arrêtant devant l'université de Copenhague.

Je sors de la voiture et regarde autour de moi, puis je me baisse pour lui parler par la vitre côté passager.

– Où sommes-nous ?

Il incline sa casquette de chauffeur qui, je dois l'avouer, lui va comme un gant.

– Près de l'université. Il y a beaucoup de boutiques et d'endroits où manger. Imprégnez-vous des monuments et des bruits de la ville. Je pense que vous trouverez les réponses à vos questions là où vous les attendez le moins.

– Merci, Henrik. Je vais suivre vos conseils.

– Appelez s'il vous faut un véhicule ou quoi que ce soit d'autre. Je vais prendre rendez-vous avec le prince dès que possible.

– Pourriez-vous m'en prendre un avec la princesse Elizabeth également ?

– C'est comme si c'était fait, répond-il en hochant la tête.

– Super. Bonne journée, Henrik. À plus tard.

– *Farvel,* dit-il.

Ce qui signifie « au revoir » en danois.

Lorsque la voiture s'éloigne, j'étudie les environs et emprunte une petite rue coquette. Je tourne à gauche sur la rue « Fiolstræde ». De jeunes gens entrent et sortent des cafés et des petites boutiques, d'autres dévalent la rue sur des vélos. J'ai vu plus de vélos que de voitures lorsque nous arrivions dans le centre. Selon les informations de Wendy, Copenhague est la capitale européenne du vélo, et je comprends pourquoi.

Je me promène en admirant les bâtiments de brique et de pierre. L'architecture est simple, mais fonctionnelle et élégante. Durable. Ces immeubles ont été construits pour supporter les tempêtes, les hivers glacials et les étés chauds.

Je m'arrête devant la grande fenêtre du *Paludan Bog&Café.* Il y a des bibliothèques pleines à craquer le long des murs, comme une invitation à saisir un livre et à le feuilleter, et des étudiants mangent ou discutent, assis à des tables dépareillées.

L'odeur de café fraîchement moulu embaume la salle lorsque j'entre. Je repère une table dans un coin où je peux regarder les gens, réfléchir et manger un morceau. Mon estomac gargouille et je me rends compte que je n'ai avalé qu'un café depuis que je me suis levé.

Une serveuse me voit et vient prendre ma commande. Je prends un latte, avec un burger et des frites. Si le burger est fidèle à la photo du menu, je vais pouvoir faire un footing dans les jardins du palais pour l'éliminer.

Mon téléphone sonne alors que je regarde les gens passer. Je souris en voyant le nom s'afficher.

– Allô ? je commence.

– Elle est belle ? demande Bo sans un « bonjour » ni un « comment ça va ? ».

– Tu n'as vraiment qu'une chose en tête, je réponds en riant, content d'entendre mon ami.

– Et toi tu évites ma question.

– Ouais, elle est magnifique.

– Je le savais ! T'as encore eu la bombe !

– Attends une seconde, Boogie...

J'emploie le surnom dont sa mère l'affuble et qu'il déteste.

– Mec... chuchote-t-il, feignant d'être vexé.

– La princesse est canon, mais elle est gaga du prince héritier. En fait, elle ne veut pas devenir reine et sa mère veut que je la fasse changer d'avis. Je n'ai pas la moindre idée de comment m'y prendre, je soupire.

– T'as besoin d'un coup de main ? propose immédiatement mon partenaire.

Je tapote des doigts sur la table et je souris en entendant mon ami toujours prêt à me venir en aide.

– Non, je ne crois pas, mais je ne suis pas sûr de pouvoir faire ce que demande notre cliente. La situation est compliquée, des sentiments se mêlent aux responsabilités d'un pays tout entier. C'est peut-être au-dessus de mes capacités, si tu vois ce que je veux dire.

– Je comprends. Mais si quelqu'un peut le faire, c'est toi. Cela dit, si tu penses que la mission est impossible, tu peux toujours revenir au bercail. Wendy a plein d'affaires en attente...

– Attends, quoi ?

– Ouais, ricane Bo, cette chipie a pris les rênes du marketing, aussi. Tu étais au courant qu'elle savait faire ? Elle épate Royce avec tous les clients potentiels qu'elle nous a trouvés.

– T'es sérieux ? Je n'ai rien vu dans mes mails.

– Roy lui a dit de passer par lui pour que tu puisses te concentrer sur ta mission.

– Malin, je ricane.

– C'est vraiment une secrétaire en or... dit-il, me faisant immédiatement penser à Skyler et à ses cheveux dorés.

– Parker, t'es là ?

J'oublie mon rêve et m'efforce de me concentrer sur mon appel.

– Ouais, je suis là. Je suis content que ça marche avec Wendy. Tu as rencontré son petit ami ?

– Oh que oui ! Le type est venu nous rencontrer et écoute ça : c'est un véritable homme d'affaires. Il est arrivé en limousine, dans un costard haute couture. Royce a fait des recherches sur lui : il s'appelle Michael Pritchard. Ses amis l'appellent « Mick », mais il ne nous a pas proposé d'en faire autant. Apparemment, il voulait s'assurer qu'on savait que Wendy est sa propriété et qu'on allait la traiter comme une princesse. Il m'a fait comprendre à sa façon qu'il me castrerait si je continuais à flirter avec elle, dit-il en riant.

– Waouh...

– Je sais. C'était génial. Apparemment, notre Fée Clochette a ses petits secrets.

– Comme tout le monde, non ?

– C'est pas faux.

– J'ai hâte d'en apprendre davantage sur Sir Mick.

– Oh, c'est loin d'être fini. Tu l'aurais vue courir à lui quand il a claqué des doigts, on aurait dit un petit chien ! Elle s'est pavanée comme s'il était sa seule raison de vivre.

– Quoi ?

– Je sais, j'ai dû retenir Royce de lui mettre une droite. Tu sais combien il déteste voir une femme sous l'emprise d'un homme. Mais après ça, il s'est passé un truc de dingue.

– Quoi ?

Je suis tellement emballé par ce que raconte Bo que je n'ai pas remarqué que la serveuse m'avait apporté mon café et mon burger.

– Il a fait comme si on n'était pas là et il s'est tourné vers elle pour caresser ses cheveux et lever sa tête vers lui, puis il lui a dit : « Est-ce que ces hommes te respectent, ma fleur ? Tu n'as qu'un mot à dire et ils sont morts. » Il a même effleuré le cadenas qu'elle porte au cou. Elle a éclaté de rire et elle s'est mise sur la pointe des pieds pour l'embrasser en lui tapotant le torse, comme si c'était lui, le chien. Ensuite elle nous a regardés et elle nous a dit : « Est-ce qu'il n'est pas génial ? », comme si la situation était tout à fait normale.

– C'est bizarre, je dis. Mais tous les goûts sont dans la nature, n'est-ce pas ?

– C'est clair. Cela dit, ça ne va pas m'empêcher de flirter avec elle et de la taquiner autant que possible.

– Je n'en attends pas moins de toi, frangin.

– Ça va aller, toi ? demande-t-il plus sérieusement pour me faire comprendre qu'il est là si j'ai besoin de parler.

– Ouais. J'ai quelques rendez-vous demain qui devraient m'aider un peu.

– N'oublie pas ce que j'ai dit, mec. Je suis là si tu as besoin de quoi que ce soit. Même si tu as besoin de capituler et de rentrer, ok ?

– C'est noté, je réponds en prenant mon café.

– Parfait.

Il raccroche avant que j'aie pu répondre. C'est sa façon de faire.

Je saisis mon appétissant burger en repensant à ce que je viens d'apprendre sur Wendy. J'ai hâte de rencontrer celui qui la prend pour sa chose sans que ça la dérange. Cela dit, je ne connais rien au milieu BDSM[4]. Qui suis-je pour décider de ce qui est normal ou pas ? Au moins, Wendy a trouvé l'homme auquel elle veut se lier… littéralement. Je repense au cadenas autour de son cou et secoue la tête.

Est-ce que je voudrais ça avec Skyler ?

Je n'aurais rien contre la ligoter à mon lit, c'est clair. Peut-être me laissera-t-elle faire la prochaine fois que je la vois.

Et voilà que je repense à elle. Bon sang, je n'arrive pas à l'oublier.

Je finis mon plat et ressors arpenter les rues, décidé à éliminer mon brunch et à me concentrer sur ma mission.

---

4. Bondage, Discipline et Sado-Masochisme.

CHAPITRE 4

Henrik me dépose devant l'Amalienborg Palace, qui est en fait un regroupement de quatre palais autour d'une place octogonale au centre de laquelle est érigée la statue d'un homme à cheval. Henrik m'explique que le cavalier représente le roi Frederik V, qui fit construire ce palais situé au bord de l'eau. Le public peut traverser la place, y compris à vélo, et prendre des photos, mais l'accès aux quartiers royaux est strictement interdit. Il n'empêche que je suis séduit par l'idée que les citoyens soient aussi proches de leur monarchie.

Lorsque j'arrive, on m'emmène par de longs couloirs jusqu'au salon où Son Altesse reçoit ses invités.

– Sa Majesté le prince Sven Frederik du Danemark, annonce un valet quand un homme étonnamment grand passe la porte du salon.

Il doit mesurer un mètre quatre-vingt-quinze, si ce n'est deux mètres. Ses longs cheveux blonds sont attachés dans un chignon bas et sa mâchoire carrée lui donne un air dur. Ses yeux sont presque aussi bleus que les miens.

Je m'incline légèrement, ne sachant comment m'adresser à lui. J'aurais dû demander à Henrik. Le prince ne dit rien en venant vers moi, mais il me tend la main.

– Bonjour, Votre Altesse. Je suis content de vous rencontrer. Je suis Parker Ellis, de...

– Je sais qui vous êtes. Asseyez-vous, je vous en prie, Monsieur Ellis. J'étais à deux doigts d'annuler notre rendez-vous après les événements de ce matin, mais les informations que vous détenez sont trop importantes.

Je fronce les sourcils et m'assois tandis qu'il se sert une bonne dose de whisky. Il ne m'en propose pas, mais je ne pense pas que ce soit par manque de politesse, on dirait qu'il a la tête ailleurs.

– Je suis désolé si mes propos sont déplacés, mais le langage corporel est un peu ma spécialité, et vous avez l'air de porter le poids du monde sur vos épaules.

Il soupire, baisse la tête et ferme les yeux.

– C'est le cas. L'état de mon père, le roi, s'est brusquement aggravé ce matin. Les médecins ne lui donnent plus que quelques jours à vivre.

– Je suis désolé, mec. Je veux dire, Votre Altesse... euh... Monsieur...

Il m'offre un léger sourire en me voyant bafouiller.

– Ne vous en faites pas. C'est un rendez-vous informel. En privé, vous pouvez m'appeler Sven.

– Merci. Et vous pouvez m'appeler Parker.

Il hoche la tête et boit son whisky.

– Est-ce que vous préférez que je revienne plus tard ?

Il secoue la tête en venant s'asseoir dans le fauteuil face au mien.

– Non. J'ai plus que jamais besoin que cette situation prenne fin.

– Cette situation ?

– Le fait que ma princesse m'évite. Qu'elle s'enfuie faire la fête, me disant d'épouser sa sœur, Lizzie... Je ne peux pas plus épouser la princesse Elizabeth que je ne peux toucher une autre femme. Christina est la seule femme qui m'intéresse.

Eh bien, voilà un homme qui sait ce qu'il veut et qui n'a pas peur de le dire. C'est rafraîchissant.

Je me lèche les lèvres et j'essuie mes mains sur mes cuisses.

– J'apprécie votre franc-parler et je vais tâcher d'en faire autant. J'ai parlé avec la princesse Christina à deux reprises et elle semble déterminée à ne pas vous épouser. Sauriez-vous me dire pourquoi ?

Il se racle la gorge et continue de boire son whisky. Le pauvre homme. En plus d'être écrasé par le poids de ses responsabilités, la femme qu'il aime le rejette sans lui dire pourquoi.

– Hélas, elle ne cesse de me dire que je serais plus heureux avec Elizabeth pour reine. Elle refuse de m'expliquer ses raisons, en dehors du fait que sa sœur, Lizzie, est une princesse parfaite.

Parfaite.

Décidément, tout le monde emploie ce terme pour définir Elizabeth.

– Et Christina ?

Son regard s'illumine en entendant son prénom.

– Elle est parfaite pour moi, même si ces derniers temps, son comportement laisse à désirer.

– Est-ce que vous épouserez Elizabeth si Christina refuse de changer d'avis ?

– Non. Je ne pourrais jamais faire ça à Christina. Je ne pourrais jamais trahir notre amour. Je préfère régner seul que d'être avec une autre qu'elle. La seule que j'aie aimée.

– Sauf que Christina pense que vous accepterez d'épouser sa sœur à sa place. Pourquoi, à votre avis ?

– C'est justement ce que j'essaie de comprendre, dit-il en secouant la tête. Elizabeth ferait une bonne reine, c'est sûr. Elle est appréciée par tout le pays et les paparazzis l'adorent. Elle est la princesse classique, mais le classique ne m'intéresse pas. Je veux l'extraordinaire, et c'est ce qu'est Christina, extraordinaire. Je les connais toutes les deux depuis toujours. Elizabeth et moi avons le même âge et Christina un an de moins. Elles sont toutes les deux radicalement différentes. Si Christina est sombre et sensuelle, Lizzie est légère et douce.

– Pour l'instant, j'ai la même impression que vous, même si je n'ai pas encore rencontré Elizabeth. Je vais la voir après vous, justement.

– Vous comprendrez quand vous la verrez.

Le prince se lève pour se resservir et je décide d'écouter mon intuition. Je saisis l'occasion pour ouvrir l'application dictaphone de mon téléphone, que je repose sur le canapé de sorte que le prince ne voie rien.

– Pouvez-vous m'en dire plus sur Christina ? Pourquoi voulez-vous l'épouser ?

– En dehors du fait que je suis amoureux d'elle depuis que nous sommes gamins ? demande-t-il en riant.

– Oui.

– Elle est tout pour moi. Elle est tout l'opposé de moi, et parfaite en plus de ça. J'aime son rire et ses baisers et lorsqu'elle me tient dans ses bras, c'est comme si notre amour était la seule chose qui compte. Elle est la princesse de mon conte de fées, la seule femme que je veux à mes côtés.

– Pensez-vous qu'elle ressent la même chose à votre égard ?

Il baisse soudain la tête, comme s'il avait honte.

– Je le pensais, oui. Je n'ai jamais douté de son amour pour moi ni de notre avenir ensemble. Et puis un jour, tout a changé.

– Quand ?

– Après que mon frère est décédé et que je suis devenu l'héritier apparent. Tout à coup, elle s'est mise à faire la fête, à m'éviter, à prendre ses distances.

– Et vous l'aimez toujours, malgré cela ?

– Je l'aimerai toute ma vie. Elle est l'air que je respire, le parfum dont j'ai besoin pour dormir, la seule femme que j'imagine porter mes enfants. Si je ne peux pas en avoir avec elle, je n'en veux pas.

– Je vais faire de mon mieux pour vous aider, mais en matière de cœur... On ne peut pas savoir comment elle réagira. Je vais essayer de comprendre ce changement soudain dans son comportement.

– J'espère que vous y parviendrez, Monsieur Ellis. Parker, je veux dire, corrige-t-il en regardant par la fenêtre. Je ne veux pas régner seul, mais je le ferai si je ne peux avoir Christina.

Je comprends que la conversation est terminée et je me lève, mettant fin à l'enregistrement.

– Je suis content de vous avoir parlé. Et je suis désolé pour votre père.

– Merci, répond-il en serrant ma main et en m'accompagnant jusqu'à la porte d'entrée, où Henrik m'attend pour me ramener au Kaarsberg Slot.

– Monsieur Ellis ?

Je me tourne vers le prince.

– Dites-lui qu'elle me manque.

– Bien sûr.

– Au revoir.

– Au revoir, Votre Altesse, je réponds en souriant alors qu'il me fait un signe de la main.

◆ ◆ ◆

– Oh, veuillez entrer, Monsieur Ellis. J'ai tant entendu parler de vous, dit la princesse Elizabeth en serrant ma main.

– Moi de même, Princesse. Votre mère vous a-t-elle expliqué pourquoi je suis ici ?

J'ai besoin de savoir ce qu'elle sait de ma mission.

Elle sourit et hoche la tête. Elle porte une robe bleu pâle qui lui arrive aux genoux et les ballerines que Bogart déteste. Selon lui, une femme doit toujours mettre en avant les atouts que sont ses jambes, surtout si elle est à la recherche d'un partenaire. Moi, les chaussures plates ne me dérangent pas, mais il est vrai que j'aime voir une femme en talons aiguilles. C'est le cas de tous les hommes, et ceux qui le nient... mentent.

Cependant, cette femme n'a pas l'air du genre à mettre des escarpins sexy. Je ne dis pas qu'elle n'est pas jolie, elle l'est. Ses cheveux sont blonds comme ceux de sa mère et ses yeux sont bleus, mais les siens ne sont pas aussi lumineux que ceux de Christina. À l'inverse de sa sœur, elle est très fine et longiligne, à la façon d'un mannequin.

Je veux l'extraordinaire, a dit le prince en parlant de la femme de ses rêves.

– Oui, ma mère m'a expliqué que vous aidez la famille à gérer le comportement de ma petite sœur, répond-elle en allant vers une desserte. Puis-je vous offrir un verre, Monsieur Ellis ?

– Volontiers.

– Qu'est-ce qui vous ferait plaisir ?

– Vous savez faire un gin tonic ?

– Je sais faire beaucoup de choses qui rendront mon futur mari heureux. Une bonne épouse doit pouvoir préparer un cocktail à son roi, s'il le souhaite. Vous n'êtes pas d'accord, Monsieur Ellis ?

Son choix de mots est intéressant.

Je recule dans le canapé pour me mettre plus à l'aise et j'allonge mon bras sur le dossier en posant ma cheville gauche sur mon genou droit.

– L'idée est séduisante, mais d'après moi, c'est plutôt l'homme qui doit servir des cocktails à sa femme.

Elle finit de préparer mon verre et le pose devant moi.

– Nous ne sommes pas toujours d'accord, au sein de la famille royale. Serais-je ravie que mon roi me serve un verre ? Bien sûr, mais seulement s'il le souhaite. Je n'exigerais jamais cela d'un homme avec de telles responsabilités. Il est de mon devoir, en tant que reine et partenaire, de m'assurer qu'il a tout ce dont il a besoin pour exercer sa fonction du mieux qu'il peut.

Mon roi ?

D'après ce que j'ai compris, Elizabeth est une princesse et elle ne peut avoir un « roi » que si elle en épouse un. Or, le seul prince disponible qui soit sur le point de devenir roi est Sven, et elle se comporte comme s'il était évident qu'elle épousera un jour un roi.

– Dois-je comprendre que vous n'avez rien contre épouser le prince Sven ? je demande en fronçant les sourcils.

Elle vient s'asseoir sur le canapé, bien droite, les épaules en arrière, les mains posées sagement sur les genoux. Pas un cheveu ne dépasse. Son maquillage est naturel et impeccable. Bon sang, elle est l'incarnation parfaite de ce que doit être une reine.

– Bien sûr que non. Ce serait un honneur de l'épouser, répond-elle en souriant, comme s'il était normal d'envisager d'épouser l'amant de sa sœur.

Je bois une gorgée de gin tonic, qui est délicieux.

– Le cocktail est excellent.

Elle sourit, mais ne répond rien, restant modeste et réservée. Je comprends pourquoi tout le monde pense qu'elle serait la reine parfaite pour Sven. Toutefois, l'homme que j'ai rencontré plus tôt semble passionné et sincère, or cette femme est loin d'avoir la même fougue que sa sœur.

Je me concentre sur son regard qui ne vacille pas. Elle est bien dans sa peau, même en présence d'inconnus.

– Pouvez-vous me parler de votre relation avec la princesse Christina ?

Elle sourit jusqu'aux oreilles en entendant le prénom de sa sœur. C'est étrange, c'est comme s'il n'y avait pas la moindre tension entre elles, du moins du point de vue d'Elizabeth.

– Ma relation avec ma sœur est merveilleuse. Nous sommes les meilleures amies du monde.

– Vous pensez que c'est pour ça qu'elle vous a désignée pour épouser Sven à sa place ?

Elle cligne des yeux plusieurs fois et penche la tête sur le côté.

– C'est possible. Elle sait que je prendrais mon rôle de reine très au sérieux et avec le plus grand des respects. Je me suis préparée toute ma vie pour le jour où je deviendrai reine.

– Pourquoi ? je demande, confus.

– Avant que Sven ne devienne héritier apparent, j'étais fiancée à son frère, Enok. Nous devions nous marier et monter sur le trône à la mort de son père.

Merde. Elle est sérieuse ?

– Vous étiez fiancée au frère de Sven ?

– Oui, répond-elle, et ses yeux se remplissent de larmes. Nous devions nous marier lors d'une superbe cérémonie quelques mois après ce terrible accident, explique-t-elle avant de se lever pour aller à la fenêtre.

– Est-ce que ça vous dérange de me dire ce qui est arrivé à Enok ?

Elle croise les bras et regarde dans le jardin en contrebas.

– Enok adorait les chevaux. En dehors de son royaume, et de moi, ils étaient sa passion. Il en avait beaucoup, et lui, ses amis et son frère aimaient les monter.

Elle s'arrête pour reprendre son souffle, comme pour se calmer, tandis qu'elle se remémore ce souvenir douloureux.

– Nous étions tous là, Christina, Mère, Père, le roi et la reine. C'était un superbe après-midi au palais, tous les chevaux sont gardés là-bas. Ils ont un petit hippodrome où les hommes font la course ou des sauts d'obstacles.

Elle vide l'air de ses poumons et je vois une larme couler sur sa joue.

– Vous n'êtes pas obligée de continuer, Princesse...

– Si, il le faut, pour que vous compreniez, répond-elle en essuyant sa joue. Enok, Sven et quelques autres amis et cousins faisaient les imbéciles sur leurs chevaux pour savoir qui allait l'emporter. Le cheval d'Enok a touché une des barres et a bousculé celui de Sven, et les deux frères sont tombés. Sven s'est cassé le bras et fêlé deux côtes en atterrissant sur les barres en bois. Enok n'a pas été aussi chanceux. Son cheval lui est tombé dessus et celui de Sven lui a marché sur le cou. C'était un accident tout bête, mais Enok a perdu la vie et mes rêves d'épouser mon roi, l'amour de ma vie, se sont envolés.

Mon cœur bat la chamade et j'ai des sueurs froides. J'avale ma salive pour à adoucir ma gorge sèche.

– Princesse, je suis sincèrement navré.

Elle se tourne vers moi.

– C'était il y a plusieurs mois, maintenant. Je fais mon deuil du mieux que je peux. Je me concentre sur mon devoir, sur ce que mon pays attend de moi.

– Alors, vous souhaitez devenir reine ?

– Absolument. C'est la seule chose dont j'ai toujours rêvé… en dehors d'Enok.

– Mais ça ne vous dérange pas d'épouser son frère et d'avoir des enfants avec lui ?

Son regard devient froid et son visage se durcit, comme si elle venait de ranger tout ce qu'elle vient de raconter dans une boîte qu'elle garde fermée à clé.

– Je ferai ce que mon pays attend de moi et ce dont il a besoin. C'est mon devoir, ma responsabilité… mon droit imprescriptible.

– Au risque de vous blesser… le prince héritier est amoureux de votre sœur…

– Et moi, j'étais amoureuse de son frère. Nos rêves sont partis en fumée lorsqu'Enok est décédé. Ensemble, j'espère que nous saurons construire une relation affectueuse, mais ce n'est pas une obligation. Par le passé, de nombreux monarques ont épousé la personne choisie par leurs parents. Aujourd'hui encore, des gens se marient pour moins que ça. Au moins, je sais que Sven tient à moi. Il m'aime comme un membre de sa famille. C'est un début.

– Et votre sœur ?

La princesse ferme les yeux quelques instants et lorsqu'elle les rouvre, j'y vois une froideur et une détermination qui n'y étaient pas auparavant.

– Ma sœur comprend où est sa place. Elle n'a pas été préparée à diriger un pays. Elle sait qu'elle échouera. C'est moi qui suis destinée à épouser le prochain monarque. Pas Christina.

– Selon qui ? je rétorque, sans vouloir être insolent.

– Selon notre ordre de naissance. Selon la famille dans laquelle nous sommes nées. Selon le droit divin, si vous souhaitez faire dans le spirituel. Si Dieu avait voulu qu'elle soit reine, elle serait née la première. Comme ce n'est pas le cas, cette responsabilité m'incombe.

Je pose mon verre sur la table et me lève en boutonnant ma veste.

– Il y a trois problèmes si l'on suit votre raisonnement.

– Je vous en prie, éclairez-moi, Monsieur Ellis, dit-elle en se levant pour me faire face.

– Premièrement, l'héritier apparent est libre d'épouser celle qui lui semblera la plus digne de devenir reine.

Elle tressaute, et il me semble qu'elle grandit d'un ou deux centimètres.

– Vous insinuez que je ne suis pas digne de l'être ?

– Pas du tout, je réponds en levant les mains pour l'apaiser. Je remarquais juste que Sven n'est pas obligé de se marier au sein de la noblesse. Il peut choisir qui il veut, ou personne.

– C'est absurde.

– Peut-être, mais c'est la vérité. Et cela me fait penser au second problème. Le prince héritier ne vous aime pas. Il est amoureux de Christina.

– Il s'en remettra. Il régnera grâce à son sens du devoir, pas ses sentiments.

– Je ne parierais pas là-dessus, je réponds d'un ton sceptique. Voyez-vous, j'ai rencontré le prince, aujourd'hui, et il a dit de façon très claire que s'il ne pouvait pas avoir Christina, il préférait ne pas se marier du tout.

Elle écarquille les yeux et pose une main sur son cœur.

– Vous n'êtes pas sérieux ?

– Que voulez-vous, c'est l'amour. On ne peut pas changer qui on aime en claquant des doigts, même si cela arrangerait tout le monde. Si aucune loi ne l'oblige à être marié pour devenir roi, je mettrais ma main à couper qu'il préférera régner seul.

– Il ne peut pas faire ça ! s'exclame-t-elle.

Ses yeux se remplissent de larmes.

– Je crains que si, mais demandez à votre mère, si vous ne me croyez pas. D'ailleurs c'est justement le troisième problème.

Elle fronce les sourcils et me regarde d'un air inquisiteur.

– Votre mère m'a engagé pour convaincre Christina de changer d'avis. Elle semble également avoir compris que le prince héritier n'est pas prêt à se marier par convenance.

La princesse me tourne brusquement le dos.

– Partez, s'il vous plaît, ordonne-t-elle d'une voix tremblante.

Je suis navré, Princesse, si j'ai dépassé les bornes...

– Non, ce n'est pas le cas, dit-elle en me regardant. J'ai bêtement supposé que lorsque ma mère a dit vous avoir engagé pour remettre Christina sur le droit chemin, c'était parce qu'elle ne voulait pas qu'elle ternisse notre nom, pas parce qu'elle voulait la faire changer d'avis. Après tout... elle me répète depuis toujours que je serai reine un jour... Cela a toujours été mon devoir. Sans cela... je n'ai rien, dit-elle en secouant la tête. Partez, je vous en prie. J'ai besoin de réfléchir.

Je fais un pas vers elle, conscient qu'elle souffre.

Elle tend la main vers moi pour m'arrêter.

– S'il vous plaît... laissez-moi. Merci d'être venu aujourd'hui. J'ai... appris beaucoup de choses.

– Princesse... je suis navré, je soupire.

– Ne le soyez pas. Merci. Au revoir, Monsieur Ellis.

Je m'arrête, la main sur la poignée de la porte :

– Vous savez, je pense que vous feriez une très bonne reine, mais plus que ça, j'imagine que vous serez une merveilleuse confidente. Christina a besoin de vous plus que jamais. Et chez moi, rien n'est plus important que la famille.

– Peut-être avez-vous raison, chuchote-t-elle au moment où je ferme la porte.

Je me dirige vers ma chambre, le cœur lourd. Les déceptions s'enchaînent dans cette mission. Peut-être que Bo a raison et que je devrais juste rentrer à la maison, voir Skyler.

Ce serait une véritable bouffée d'air frais, et ça me mettrait du baume au cœur.

Toutefois, quelque chose me retient ici. C'est comme si je ne pouvais pas partir sans avoir arrangé la situation.

Pour tout le monde, Christina, Sven, Elizabeth. Pour les deux familles.

Ils ont tous besoin d'un coup de pouce et si ce n'est pas moi, qui le leur donnera ?

CHAPITRE 5

Cette journée a été affreuse. Je subis encore les effets du décalage horaire et j'ai le cerveau en bouillie après tout ce que j'ai appris aujourd'hui.

La princesse Elizabeth devait épouser Enok, l'héritier apparent, il y a tout juste quelques mois. Celui-ci meurt dans un accident tragique, et maintenant, elle est convaincue qu'elle va épouser son frère qui, lui, est fou amoureux de sa sœur. C'est digne d'un feuilleton télévisé. Ensuite, bien sûr, il y a Christina, qui aime le prince mais qui essaie de le refourguer à sa sœur. Soit elle ne veut vraiment pas être reine, soit elle se sacrifie pour sa sœur, mettant de côté son bonheur avec Sven pour que sa sœur devienne ce qu'elle a toujours rêvé d'être...

Reine.

Je me déshabille et me laisse tomber en boxer sur le lit quand mon téléphone vibre sur la table de nuit, signalant un appel de « Ma pêche ».

– Qu'est-ce qui me vaut ce plaisir… je murmure.

– Je l'ai fait ! s'écrie-t-elle. Et c'est grâce à toi, Parker, mon superbe étalon !

Skyler éclate de rire, et mon cœur est tout de suite plus léger.

– Je suis d'accord pour le « superbe étalon », mais je veux bien que tu m'expliques ce qui me vaut ce nouveau surnom.

– Rick et moi nous sommes retrouvés au studio pour préparer une scène ensemble.

Hmm. Rick.

– Je la prépare depuis des jours, donc je la connaissais par cœur…

– Je suis fier de toi, je dis sincèrement.

– Et devine quoi ?

– Quoi ? Allez, le suspense va me tuer !

– J'ai réussi à jouer ! Mais mieux que ça… j'étais douée, chéri. C'était tellement bien que le directeur nous a applaudis ! Il était fou de joie de voir la connexion entre Rick et moi. Il a dit qu'on est parfaits ensemble…

– La connexion ? je demande, alors qu'une boule se forme dans ma gorge.

– Oui. C'était génial ! Je n'ai pas été aussi à l'aise avec un acteur masculin depuis longtemps, et tout ça, c'est grâce à toi !

Respire, Park. Elle joue un rôle. C'est son travail.

Après tout, je n'ai aucun droit sur elle. Elle peut faire ce qu'elle veut.

Je secoue la tête et grince des dents.

– Mais non, ma pêche, c'est grâce à toi. C'est toi qui as fait le travail. C'est toi qui as pris le temps de retrouver ta muse et ton amour du métier. Tu as fait ce qu'il fallait pour vivre ta vérité.

– Bon oui, d'accord, mais sans ton aide, je ne pense pas que j'y serais parvenue, dit-elle d'une voix grave qui me fait bander.

J'empoigne mon sexe par-dessus mon boxer en imaginant que c'est la main de Skyler.

– Dans ce cas, comment comptes-tu me montrer ta reconnaissance alors que tu es à des milliers de kilomètres ?

– Tu es où, là ? murmure-t-elle.

– Au lit, en boxer, je réponds pour qu'elle comprenne où je veux en venir.

– Hmmm, et est-ce que le son de ma voix t'excite ?

– Putain, oui !

Je pousse un grognement pour qu'elle continue. Elle parle rarement de façon coquine, mais c'est toujours génial et ça me rend dur comme fer.

– Qu'est-ce que tu fais ? je demande alors que j'entends une porte se fermer et un bruissement de tissu.

– Je me mets au lit.

– Ce n'est pas un peu tôt pour te coucher ?

Je promène ma main sur ma verge dure, imaginant qu'elle s'est déshabillée et qu'elle est allongée sur son lit, les cuisses écartées, prête pour moi.

– Il n'est jamais trop tôt pour se mettre au lit avec toi, répond-elle d'une voix aguicheuse que j'adore.

– Ah oui ? Et si j'étais à côté de toi, qu'est-ce que tu ferais ? je demande en me léchant les lèvres, regrettant que ce ne soit pas sa langue.

Elle soupire longuement. Je connais ce bruit. Je m'en souviens très bien. Cela veut dire qu'elle est en train de se caresser, en s'effleurant à peine. Elle adore ça, ça la fait frissonner de la tête aux pieds.

– Je me mettrais à cheval sur tes cuisses de sorte que tu ne puisses pas les bouger, et je frotterais mon sexe sur ton érection.

Mon Dieu, j'adore cette femme.

– Et...

– Et je caresserais ton torse avant de titiller et de pincer tes tétons, jusqu'à ce que tu me supplies de les prendre dans ma bouche. Est-ce que tu peux faire ça pour moi ? demande-t-elle.

Je la mets sur haut-parleur et je pose mon téléphone sur mon ventre.

– Tu es sur haut-parleur.

– Est-ce que tu fais ce que j'ai demandé ?

– Ah oui ! Continue, je suis tellement dur, Sky... bon sang, bébé.

Elle gémit et je pince mes tétons assez fort pour m'arracher un petit cri.

– Oooh, je t'entends, Parker. Quand tu gémis, c'est comme si tu m'appelais et je mouille instantanément...

– Tu mouilles comment ? je grogne.

– Je suis trempée, murmure-t-elle.

Je me cambre sur le lit, envoûté par ses paroles.

– Je me caresse les seins et je pince mes tétons, imaginant que tu es là pour les mordiller et les lécher comme tu sais si bien le faire.

Je souris en baissant mon boxer sur mes cuisses.

– Descends ta main, ma pêche. Je veux que tu sentes combien tu mouilles.

– Je le ferai si tu empoignes ta grosse verge en imaginant que c'est ma main. Je te saisis d'abord doucement, puis je te caresse de bas en haut et j'étale cette petite goutte de paradis que tu m'offres à chaque fois.

– Putain !

Je suis ses ordres, fermant les yeux, imaginant que c'est elle qui me touche, qui se penche sur moi, laissant ses cheveux chatouiller mon torse et mon ventre pendant qu'elle lèche la goutte de liquide préséminal sur mon sexe.

– Bon sang, Parker ! s'écrie-t-elle.

– Est-ce que tu te touches, ma pêche ? Tu promènes tes doigts sur ta chatte trempée ? je demande en me branlant lentement.

– Oui !

Sa voix est rauque, à bout de souffle, comme si elle venait de courir. Mais je sais que quand ma nana fait quelque chose, elle ne le fait pas à moitié. Elle est sans retenue, sans pudeur. Elle est libre et elle n'a pas honte de sa sexualité.

– Enfonce deux doigts, Sky. Comme je le ferais, bien profond.

Je continue de me branler et je lèche mon pouce pour caresser mon gland, déclenchant une décharge électrique qui embrase mon sang.

– C'est tellement bon, chéri… j'aimerais que tu sois là, susurre-t-elle.

– Bon sang, moi aussi.

– Je vais jouir sur ma main en imaginant que tu es là, Parker. Jouis avec moi… gémit-elle. Oui… chéri, s'il te plaît…

– Mon Dieu, ce que j'aime que tu m'implores, ma pêche ! Je suis là avec toi, je me branle, je suis prêt à exploser.

– Oui, moi aussi. J'y suis p… presque… bégaie-t-elle.

– Dessine un cercle autour de ton clitoris, comme je le ferais. Allez, lâche-toi.

Elle pousse un cri et je me mets à panteler, tellement dur que j'ai l'impression de pouvoir éjaculer à tout moment. Mes testicules sont lourds entre mes cuisses tandis que j'écoute les bruits qu'elle fait.

– Parker ! crie-t-elle.

Je connais ce cri, il est gravé dans ma mémoire. Je ne pourrai jamais oublier le bruit que fait Skyler Paige quand elle jouit. Cela précipite mon orgasme et je serre fort ma queue, comme si j'étais enfoui dans sa chatte serrée et qu'elle me chevauchait.

– Putain, Sky !

Mes testicules se contractent et tout mon corps se bande tandis qu'un premier jet de sperme jaillit. Mes hanches dessinent des va-et-vient dans l'air, j'imagine Skyler au-dessus de moi jusqu'à ce que je me sois entièrement vidé.

Des frissons parcourent mes membres et j'essaie de revenir à la réalité, à cette chambre luxueuse qui n'est pas la mienne ni le nid d'amour dont j'ai profité à New York chez Skyler.

Sky fredonne, faisant tressauter mon sexe.

– Ça va, chéri ?

– Très bien, je réponds en riant et en m'étirant. Merci, j'en avais besoin.

– Moi aussi. Je suppose que ça devra suffire jusqu'à ce qu'on se revoie, chuchote-t-elle.

Ses paroles me rappellent la distance qui nous sépare, car il n'y a pas que cette mission à Copenhague. Quand je rentrerai à Boston, elle n'y sera pas. Peut-être que je pourrais m'arrêter à New York un jour ou deux ? L'idée est séduisante, mais peut-être est-ce trop tôt.

Et puis merde, je m'en fiche. Dans mon euphorie post-coït, je lui fais part de mon envie.

– Je pensais demander à Wendy de changer mon billet de retour pour que je puisse m'arrêter un jour ou deux à New York ? Ça te dirait d'avoir un invité ?

– T'es sérieux ? s'exclame-t-elle d'une voix joyeuse qui efface immédiatement mes craintes.

Je crois qu'avec Skyler, je dois me laisser aller et faire ce qui me paraît naturel. C'est ce qu'on a décidé et c'est ce qui semble marcher le mieux pour l'instant.

– Je ne l'aurais pas dit si je ne pensais pas que c'était une bonne idée, ma pêche.

– Du moment que c'est dans les dix prochains jours, parce qu'après je commence le tournage.

– Alors, il faut que je me dépêche de boucler cette mission.

– Ça me plairait, Parker... énormément. En plus, tu pourras rencontrer ma garde rapprochée.

– Ta garde rapprochée ?

Je m'assois dans le lit et saisis des mouchoirs pour m'essuyer. Je suis lessivé après cet orgasme magique, mais j'ai besoin d'entendre sa voix.

– Oui ! J'ai embauché *VanDykenSecurity*. Un duo mari et femme. J'ai acheté le petit trois pièces en dessous du mien pour les y installer. On est déjà sortis plusieurs fois et ils sont géniaux. La femme, Rachel, a quelques années de plus que moi et c'est une vraie dure à cuire. Elle m'a dit qu'elle allait m'apprendre le CrossFit et l'autodéfense. C'est pas cool, ça ?

L'autodéfense ? Super ! Un couple marié, ça implique qu'un molosse ne va pas tenter de séduire Skyler pendant ses heures de travail. C'est génial. Bien sûr, je ne lui dis pas ce que je pense.

– Ça a l'air super.

– Et chéri, le mec est immense ! Il a l'air d'une brute épaisse, mais il est très doux. Il traite sa femme et moi comme si on était des joyaux précieux.

– Des joyaux précieux... Sky, il doit te protéger...

– Mais oui, je dis juste qu'il est mignon avec sa femme et moi, mais dès qu'on sort et qu'on croise des gens, c'est un véritable bouledogue. C'est comme s'il se transformait en super-héros.

– Un super-héros ? Sky, tu es sûre que tu n'as pas passé trop de temps à regarder des films de science-fiction ? je me moque.

– Tais-toi ! Il est juste cool. Et Rachel est super-sympa et protectrice. Elle me suit aux toilettes, dans les cabines d'essayage... Ils m'accompagnent sur le tournage. Elle reste avec moi pendant qu'il fait le tour des bâtiments pour déceler les menaces potentielles. J'ai eu de bons gardes du corps par le passé, mais ces deux-là prennent vraiment leur travail au sérieux.

– J'espère bien. Tu es précieuse, ma pêche, surtout ne baisse pas tes exigences. Reste sur tes gardes.

– C'est promis. Mais j'ai hâte que tu les rencontres. Et puis, c'est chouette d'avoir des gens à qui parler. Ils ne me traitent pas comme si j'étais une célébrité mais comme leur amie. C'est agréable. Ça fait longtemps que je n'ai pas été entourée de gens qui sont là parce qu'ils en ont envie.

Je me retiens de lui dire que ses gardes sont là parce qu'elle les paie, je ne veux pas gâcher sa bonne humeur. Elle est heureuse, on vient de s'envoyer en l'air par téléphone et j'ai besoin de dormir.

– Je suis content pour toi. J'adorerais rester à parler toute la nuit, mais il est tard ici et je suis lessivé.

Et surtout, une jolie blonde vient de rendre la bête tellement heureuse qu'elle est enfin détendue.

– La bête ? gronde-t-elle. C'est le cobra, ne l'oublie pas.

Je ris en retournant me coucher après m'être nettoyé.

– Appelle-le comme tu veux. Il est heureux, je suis heureux, j'espère que tu l'es aussi...

– Je le suis, chuchote-t-elle.

J'aimerais être avec elle pour la prendre dans mes bras, nicher ma queue contre ses fesses et m'endormir blotti contre elle. Je n'ai pas bien dormi depuis que je suis parti de New York il y a plus d'une semaine. Cela dit, j'ai l'impression que ça ira très bien ce soir.

– Tant mieux. Bonne fin de journée, et encore bravo pour le film, je suis fier de toi.

– Je suis fière de moi, moi aussi. On s'appelle bientôt ?

– On s'appelle bientôt.

– Rêve de moi, dit-elle avant de raccrocher.

– Comme toutes les nuits, je chuchote dans le vide.

Je pose mon téléphone sur la table de nuit et j'enfonce ma tête dans l'oreiller.

◆ ◆ ◆

Je la sens me regarder, mais ce n'est pas elle que je veux. Une fois de plus, j'ouvre les yeux dans une chambre étrange, illuminée par la lumière du jour, et Christina est assise sur mon lit, un café à la main.

J'adorerais être réveillé par Skyler. La princesse et son sale caractère... pas vraiment.

– Bien le bonjour, dit-elle d'un ton joyeux. Mais peut-être n'est-ce pas un bon jour, puisque vous n'êtes pas en train de faire l'amour à votre lit en criant le nom de votre copine ?

– Ce n'est pas ma copine. Qu'est-ce que vous faites ici ? je marmonne en roulant sur le dos et en me grattant la poitrine.

Je la vois suivre mon geste des yeux, elle ricane.

– Je voudrais savoir comment se sont passés vos rendez-vous avec Sven et ma sœur. Avez-vous appris quoi que ce soit d'intéressant à mon sujet ? demande-t-elle en buvant une gorgée de café.

– Ça vous intéresse vraiment ? je rétorque pour essayer de comprendre sa façon de réfléchir.

Elle n'est pas venue ici, à l'aube, pour rien.

Elle se lève et va au chariot, exhibant ses superbes fesses dans son legging moulant. Le prince héritier a bien choisi. Elle est chaussée d'escarpins rouges, assortis à son rouge à lèvres, et un chemisier blanc tombe sur une épaule. Bon sang, j'adore les femmes avec les lèvres rouges, c'est ma kryptonite. Ses cheveux sont relevés en queue-de-cheval haute. Elle est tellement sexy que c'en est presque scandaleux.

– Vous aimez ce que vous voyez, Monsieur Ellis ? ricane-t-elle par-dessus son épaule en nous servant des cafés.

– Vous avez un corps superbe, je réponds en m'adossant contre la tête de lit. Ce serait dommage de ne pas l'admirer. Je sais que le prince l'adore, il a été on ne peut plus clair, hier.

Je vois sa main trembler et elle ne se tourne pas tout de suite vers moi, prenant le temps de maîtriser sa réaction. Lorsqu'elle me fait face, son sourire est réapparu.

– Ah ? dit-elle, comme si elle n'était pas désespérée de savoir ce que le prince a dit à son sujet.

– Ouais. En fait, il est fou amoureux de vous, je poursuis en prenant la tasse qu'elle me tend.

– C'est lui qui vous l'a dit ou c'est ce que vous supposez ?

– Ce sont ses paroles, pas les miennes.

– Je doute sincèrement que le prince héritier se soit adonné à une conversation de vestiaire, rétorque-t-elle en retournant au chariot pour prendre sa tasse.

– Tout d'abord, le vestiaire n'est pas l'endroit où les hommes parlent des femmes qu'ils aiment. C'est l'endroit où on se vante des femmes qu'on baise. Ça n'a rien à voir.

– Comme vous voudrez, dit-elle en haussant les épaules. Je ne vous crois pas. Vous êtes de mèche avec ma mère, vous me dites ce que je veux entendre au lieu de convaincre Sven d'épouser ma sœur.

Je bois mon café, mais je l'apprécie moins qu'au premier jour, peut-être est-ce à cause de la tournure que prend la conversation. Conscient qu'il n'y a qu'un moyen de la convaincre que je dis vrai, je saisis mon téléphone.

– Quoi ? Nos chamailleries vous ennuient déjà ? dit-elle en se forçant à rire.

– Taisez-vous et écoutez ça, Princesse.

J'appuie sur « play » pour lui faire écouter ce que j'ai enregistré hier.

« *Pouvez-vous m'en dire plus sur Christina ? Pourquoi voulez-vous l'épouser ?*

– En dehors du fait que je suis amoureux d'elle depuis que nous sommes gamins ?

– Oui.

– Elle est tout pour moi. Elle est tout l'opposé de moi, et parfaite en plus de ça. J'aime son rire et ses baisers et lorsqu'elle me tient dans ses bras, c'est comme si notre

amour était la seule chose qui compte. Elle est la princesse de mon conte de fées, la seule femme que je veux à mes côtés.

– Pensez-vous qu'elle ressent la même chose à votre égard ?

– Je le pensais, oui. Je n'ai jamais douté de son amour pour moi ni de notre avenir ensemble. Et puis un jour, tout a changé.

– Quand ?

– Après que mon frère est décédé et que je suis devenu l'héritier apparent. Tout à coup, elle s'est mise à faire la fête, à m'éviter, à prendre ses distances.

– Et vous l'aimez toujours, malgré cela ?

– Je l'aimerai toute ma vie. Elle est l'air que je respire, le parfum dont j'ai besoin pour dormir, la seule femme que j'imagine porter mes enfants. Si je ne peux pas en avoir avec elle, je n'en veux pas. »

– C'est tout, je dis en fermant l'application.

Les mains de Christina tremblent quand elle pose sa tasse et se met à faire les cent pas.

– Je... je... je savais que ce serait difficile. Pour nous deux... mais je n'ai jamais pensé...

– Pensé quoi ?

Je dois insister pour l'encourager à parler, à me dire sa vérité.

– Je n'ai jamais pensé qu'il choisirait de régner seul. Il n'est pas du genre solitaire. Il a trop d'amour à offrir. Il doit pouvoir aimer quelqu'un sinon...

– Sinon quoi ?

– Il sera malheureux, dit-elle d'une voix pleine de tristesse.

– Il ne veut pas être seul, Christina...

Elle se racle la gorge et se tourne vers moi, les mains sur les hanches.

– C'est pour ça que je veux qu'il soit avec Lizzie ; c'est le bon choix. Elle sera une reine parfaite.

J'ai l'impression qu'elle essaie de s'en convaincre autant que moi.

– Il ne veut pas simplement quelqu'un qui endossera la responsabilité, Princesse. C'est vous qu'il veut !

– Il ne peut pas m'avoir ! s'écrie-t-elle.

– Pourquoi pas ?

– Parce que je ne suis pas assez bien pour lui ! hurle-t-elle d'une voix pleine de désespoir.

– Eh bien, pour une fois, vous avez peut-être raison. Il lui faut quelqu'un qui n'est pas égoïste et qui ne pense pas qu'à ses propres besoins ! je ricane.

– Vous ne savez rien de moi ! crache-t-elle, furieuse.

– Non, Princesse. Je ne connais que la femme que me montrent les paparazzis.

Elle me fusille du regard et se remet à faire les cent pas.

– Il faut qu'il tourne la page. Il le faut. C'est ce qu'il y a de mieux pour lui. Lizzie fera tout comme il faut. On ne critiquera jamais sa façon de faire si elle est à ses côtés. Il sera fier d'elle. Elle est la meilleure pour ce travail.

– Il n'y a qu'une chose qui cloche avec ce que vous dites, je dis simplement.

Elle s'arrête et me regarde droit dans les yeux, l'air confuse, irritée et triste.

– Il ne veut pas la meilleure pour le travail. Il veut la meilleure pour lui.

CHAPITRE 6

– Vous pouvez entrer, Monsieur Ellis, dit la princesse Mary lorsqu'elle me trouve en train d'attendre près de la porte de son bureau.

J'entre dans la pièce et remarque combien son lieu de travail est différent du mien. Si nous avons opté pour des lignes épurées, une architecture minimaliste et un look monochrome, le bureau de la princesse dégouline de dorures, de tapisseries fleuries et de livres poussiéreux, le tout dans une atmosphère étouffante et sombre. On dirait plus un salon où faire une sieste qu'autre chose. Cependant, la princesse, occupée à lire des documents, ne semble pas avoir ce problème.

– Comment puis-je vous aider aujourd'hui, Monsieur Ellis ?

Je saisis le dossier d'un des fauteuils au lieu de m'y asseoir, je n'ai pas prévu de rester. Pour être honnête, cette femme me met mal à l'aise. Avec elle, j'ai l'impression d'être dans le bureau du directeur à l'école primaire.

– Je cherche la princesse Christina. D'habitude, je la croise le matin...

C'est un mensonge puisque Christina aime envahir mon espace privé en pénétrant dans ma chambre sans y être invitée, mais je ne vais pas le dire à sa mère. Toute la semaine, après sa visite matinale, je ne l'ai recroisée que tard le soir pour le dîner.

La princesse pose son dossier et joint les mains, m'accordant toute son attention.

– Dans la journée, ma fille est occupée avec son bénévolat secret, dit-elle en fronçant les sourcils. Je pensais que vous le sauriez, vous ne la suivez pas ?

– Pas pour l'instant, non. J'étais occupé à m'entretenir avec le prince héritier, les employés et sa sœur, Elizabeth, pour me faire ma propre opinion sur la situation. Vous dites qu'elle fait du bénévolat ?

– Oui, elle en a toujours fait. Tous les jours. Auprès du planning familial, dans un orphelinat, à l'hôpital... Demandez à Henrik. Il vous donnera les détails, c'est lui qui la conduit.

– Et pourquoi cette information n'est-elle pas publique ?

– Sans doute parce que ma fille est très douée pour garder des secrets, soupire-t-elle. C'est le prince héritier qui m'a informée de ses activités il y a longtemps.

– Pourtant, vous choisissez de vous concentrer sur ses sorties nocturnes qui sont, soit dit en passant, tout à fait normales pour une jeune femme d'une vingtaine d'années.

– Monsieur Ellis, gronde la princesse en se levant, ma fille n'est pas normale, c'est une princesse. Tout ce qu'elle fait intéresse les médias. Ses activités nocturnes sont inappropriées et les photos d'elle atroces. Maintenant, dites moi ce que vous avez fait pour résoudre ce problème ?

Je souris.

– La princesse est-elle sortie une seule fois depuis que je suis arrivé ?

Elle me fusille du regard.

– Exactement. Il faut du temps, et je ne suis ici que depuis quelques jours. Christina sait que je l'observe et elle n'est pas ressortie, c'est déjà un progrès.

– C'est vrai. Assurez-vous que cela devienne une habitude.

Je secoue la tête et me retiens de dire ce que je pense, car cela risquerait de me faire virer, et je veux vraiment aider Christina.

– Écoutez, il se passe quelque chose chez Christina. J'ai parlé à Sven et Elizabeth. Sven n'épousera aucune autre femme que Christina. Il est fou d'elle.

– Oui, je suis au courant.

– Or, ça ne vous a pas empêchée d'encourager Elizabeth à épouser le frère de son fiancé défunt.

La princesse contracte sa mâchoire, elle rougit.

– Elizabeth s'est préparée à être reine toute sa vie. Il est tout à fait logique qu'elle endosse ce rôle. Hélas, après de nombreuses tentatives pour faire entendre raison à Sven, il continue de nier ce fait. C'est pour cela que je vous ai appelé, Monsieur Ellis.

Je serre si fort le dossier du fauteuil que mes phalanges en deviennent blanches.

– Christina est persuadée que sa sœur serait une meilleure reine...

– C'est le cas, déclare Mary d'une voix froide, sans remords.

Cette femme est impitoyable.

– J'imagine, je rétorque en essayant de me calmer, que si l'on vous répète toute votre vie que votre sœur sera reine et que vous feriez une piètre souveraine et que, soudain, votre jour de gloire arrive, votre première réaction est de refuser cette responsabilité.

– Eh bien, il semblerait que vous ayez du pain sur la planche, Monsieur Ellis. Vous devriez vous y mettre, conclut-elle d'un ton condescendant.

– Merci, Princesse, je réponds froidement en tournant les talons et en sortant de son bureau.

♦ ♦ ♦

– Du lundi au mercredi, Princesse Christina est au *Rigshospitalet*... dit Henrik avant de traduire en anglais. C'est l'hôpital principal. Le lundi, elle va au service de cancérologie. Elle passe du temps avec les malades sous chimio ou elle joue avec les enfants. Le mardi, elle discute avec les patients sous dialyse. Le mercredi, elle aide à la maternité, que ce soit en tenant la main d'une mère, en aidant une sage-femme, en berçant un bébé ou simplement en servant d'oreille aux parents qui viennent de perdre un enfant. Le fait de parler à une princesse les rassure. Tous.

Je gonfle mes poumons et enregistre toutes ces informations tandis qu'Henrik me conduit à l'hôpital.

– Et les jeudis et vendredis ?

– Le jeudi, elle est à la maison de retraite.

– Et le vendredi ? Que fait Sainte Christina le vendredi ?

– D'habitude, elle fait la tournée des refuges pour sans-abri. Elle y dépose la nourriture qu'elle achète et leur donne un coup de main.

Je souris et sors mon téléphone pour appeler Wendy sur son numéro personnel puisqu'il est trop tôt là-bas pour l'appeler au bureau, or j'ai besoin d'elle tout de suite.

– Monsieur Ellis, qu'est-ce qui vaut à ma femme cet appel si matinal ? dit une voix d'homme, sans doute Sir Mick, d'une voix ferme et claire.

– Puis-je lui parler ?

– Elle a les mains un peu... prises, pour l'instant. Qu'est-ce que je peux faire pour vous ? demande-t-il.

Les mains prises. Sachant qu'il est six heures du matin là-bas, et conscient des goûts BDSM de Wendy, je remue sur mon siège, mal à l'aise, en imaginant Skyler ligotée à son lit. À ma merci.

Bon sang, les choses que je pourrais lui faire...

Je suis pris d'une bouffée de chaleur, des gouttes de sueur perlent sur mon front tandis que des images plus excitantes les unes que les autres envahissent mon cerveau.

Je me racle la gorge.

– J'ai besoin qu'elle réserve un vol pour Bo dès qu'elle arrivera au bureau. J'ai besoin qu'il me rejoigne à Copenhague dès que possible. Et qu'il apporte son appareil photo avec son objectif longue portée.

– Poussin... tu dois réserver un vol pour Monsieur Montgomery... répète-t-il, révélant qu'elle est juste à côté de lui.

Il semblerait que j'ai vu juste en supposant qu'elle est pieds et poings liés...

– Ce sera fait, Monsieur Ellis. Y a-t-il autre chose ?

– Euh, non. Dites-lui juste merci.

– Très bien. Au revoir.

– Salut.

Je raccroche en grimaçant. Quel type étrange ! Il est très formel, en plus, ce qui est tout l'inverse de Wendy et de son caractère excentrique et ouvert.

J'ai hâte de la chambrer à propos du fait qu'elle n'a pas pris mon appel. C'était une des exigences du travail, les coups de fil à toute heure. Bien sûr, on n'abuserait pas de son temps. Cela dit, il ne m'a pas dit de ne pas appeler, j'ai simplement dû me fier à lui pour relayer mon message.

Henrik s'arrête devant l'hôpital, et je mets de côté mes questions à propos de mon assistante.

– Alors, je cherche le service d'oncologie ? je demande.

– *Ja*, acquiesce-t-il. On dit *onkologi* en danois, précise-t-il.

Il le prononce « oncologui » et il hoche la tête lorsque je le répète pour être sûr de me faire comprendre.

J'entre dans l'hôpital et me dirige vers le secrétariat, ravi de découvrir que l'hôtesse d'accueil parle très bien anglais. Quelques sourires plus tard, elle m'accompagne jusqu'au département de cancérologie, ce qui me donne l'occasion de mater ses fesses bien fermes et rebondies, je lui mettrais un huit sur dix.

Au bout d'un couloir, la jeune femme se tourne vers moi, agitant sa queue-de-cheval blonde, qu'elle saisit et enroule autour de son index.

– Euh, nous y voilà. Vous pouvez vous enregistrer en tant que bénévole là-bas, dit-elle en désignant le bureau d'accueil.

– *Tak*, je chuchote dans son oreille en posant la main sur son coude.

– De rien, répond-elle en gloussant et en frissonnant.

Je me dirige vers l'accueil lorsqu'elle m'appelle.

– Parker ?

– Oui ?

Elle joue toujours avec sa queue-de-cheval, en passant d'un pied sur l'autre, intimidée.

– Euh, si vous voulez... si vous voulez visiter la ville pendant que vous êtes là, je serais ravie de vous servir de guide.

Elle est jeune, bien plus jeune que moi. Elle doit avoir vingt ans alors que j'en ai bientôt trente. Par le passé, l'âge des femmes m'importait peu, du moment qu'elles étaient majeures. Mais plus j'approche des trente ans, moins cela m'intéresse. Je préfère que les femmes aient le même âge que moi, ou presque, et qu'elles aient un peu plus d'expérience.

– Je suis surtout là pour le travail, mais si jamais j'ai un peu de temps, j'appellerai l'accueil de l'hôpital.

Elle sourit jusqu'aux oreilles et se tient un peu plus droite, plus sûre d'elle et plus heureuse.

– Super ! s'exclame-t-elle en s'éloignant en sautillant.

– Qu'est-ce que vous faites ici ? grogne une voix derrière moi.

Je me tourne et me retrouve face à face avec Christina.

– Bonjour, Princesse. La question n'est-elle pas plutôt « qu'est-ce que vous, vous faites ici ? » ? Vous êtes bénévole ? Auprès des malades et des orphelins ? Ça ne colle pas avec votre réputation de party-girl, si ?

– Je savais que vous finiriez par être un problème, déclare-t-elle en me fusillant du regard.

– Un problème ? On m'a donné de nombreux surnoms, mais jamais celui-là. Ça me plaît ! je dis en souriant.

– Vous me fatiguez.

Elle tourne les talons en direction de l'accueil où une jolie femme noire lui parle en danois avant de lui donner un bloc-notes jaune sur lequel je vois des noms et des numéros de chambre.

– C'est quoi, ça ? je demande en désignant le bloc-notes.

– Les patients que je dois voir, répond-elle froidement.

– Mais vous n'êtes pas médecin, je dis en lui mettant un petit coup de coude pour lui faire admettre ce qu'elle fait ici.

Elle pousse un grognement et se tourne pour me regarder dans les yeux.

– Écoutez, Monsieur Ellis, ces gens n'ont rien à faire dans cette histoire. La plupart sont vraiment malades et n'ont personne pour les soutenir. Je vous serais reconnaissante de ne pas mêler ma vie privée à ma vie officielle. Ces patients ont besoin de moi.

Ses yeux bleus se remplissent de larmes et ma gorge se noue.

– Ça vous gêne si je reste pour observer ?

– Non, comme vous voudrez, soupire-t-elle. Mais faites-vous petit.

– Promis.

– Je suis sûre que je vais le regretter, marmonne-t-elle en ouvrant la porte. Bonjour, Monsieur Jepsen. Quels sont les résultats du foot, aujourd'hui ? J'ai hâte de savoir si Copenhague a gagné.

Je suis surprise de l'entendre parler anglais, mais le patient en fait de même.

– Qui est ce jeune homme ? demande Monsieur Jepsen.

– Lui... Un nouveau bénévole, dit-elle en grimaçant.

Il hoche la tête avant d'être pris d'une toux si grasse et violente qu'il paraît prêt à cracher ses poumons. Elle lui tapote le dos et le caresse de haut en bas avant de lui tendre un mouchoir en tissu.

– Essayez de respirer plus posément. Là, doucement, chuchote-t-elle.

Je reste dans le coin de la pièce et l'observe. Christina est géniale avec lui, et il lui fait part de sa reconnaissance dans chacun de ses sourires, de ses gestes et de ses paroles.

Nous rendons visite à encore cinq patients qui sont tous plus malades les uns que les autres. Lorsque nous nous arrêtons chez une malade qui, selon les médecins, est sur le point de rendre son dernier soupir, Christina lui prend la main, s'assoit à ses côtés et lui chante une chanson, une mélodie danoise qui me rappelle une chanson que l'on chante à Noël, chez nous.

J'ai l'impression d'être de trop et je décide de l'attendre dans le couloir pour leur laisser un peu d'intimité. Au bout d'une demi-heure, je vois un médecin et une infirmière entrer dans la chambre dont Christina sort en pleurant.

– Est-ce qu'elle est...

– Partie. Oui.

– Christina... je suis navré. Vous la connaissiez bien ?

– Non, je ne l'ai vue que deux ou trois fois et elle ne s'en souvenait pas.

– Je vois.

Je laisse un silence s'installer entre nous et je la suis jusqu'aux ascenseurs puis dehors. Henrik a dû nous voir sortir, car deux minutes plus tard, la voiture s'arrête devant nous.

Je saisis la main de Christina et la serre avant de monter dans le véhicule.

– Il y a peu de gens qui feraient pour elle ce que vous avez fait. Il faut être particulièrement altruiste pour accompagner quelqu'un dans la mort.

Elle ne dit rien, mais ses yeux se remplissent de larmes.

– Est-ce que je peux faire quelque chose ?

– Oui, répond-elle en me regardant dans les yeux, une main sur la poignée. Vous pouvez boire avec moi.

– Pour le plaisir des médias ? je demande.

– Non. Pour moi. Pour nous. Pour Béatrice.

– C'est comme ça qu'elle s'appelait ?

– Oui, répond-elle d'une voix rauque.

Déterminé à lui remonter le moral, je souris jusqu'aux oreilles et ouvre la portière.

– Très bien. Pour Béatrice, alors, je déclare en montant dans l'Audi. Henrik, emmenez-nous dans un pub de banlieue où la princesse n'a jamais été vue par les médias.

– Oui, Monsieur.

♦ ♦ ♦

Nous nous rendons au *City Pub* en silence. Heureusement, le bar n'est pas trop loin de l'hôpital car j'ai désespérément besoin de boire. La tristesse qui émane de Christina est palpable, et je dois l'aider à s'en débarrasser.

Nous sommes assis sur les banquettes d'un box, dans le fond de la salle. Le bar est vide à l'exception de deux habitués installés au comptoir. Le pub est petit, parfait pour s'évader après la journée qu'on a eue.

– Je ne sais pas comment tu fais, je dis à Christina, décidant qu'il est temps que nous nous tutoyions.

Elle hausse les épaules et dégage ses cheveux.

Le barman prend nos commandes et revient avec nos shots et nos pintes de bière.

– À Béatrice. Paix à son âme, je dis en levant mon shot.

– À Béatrice, répète-t-elle.

Nous vidons nos shots cul sec, puis je bois une longue gorgée de bière fraîche.

– Alors, Princesse, maintenant qu'on est seuls, pourrais-tu me dire pourquoi tu fais ce que tu fais ?

– Tu parles des soirées alcoolisées ?

– Non, je réponds en ricanant. Le volontariat. Henrik me dit que tu es bénévole tous les jours de la semaine... en cachette.

– Ce que je fais durant la journée ne regarde personne, répond-elle en fronçant les sourcils. Ma famille a énormément d'argent, donc moi aussi. Je suis diplômée de l'université, mais aucun métier ne me fait vraiment envie. Et j'aime le bénévolat.

– Pourquoi ?

– Parce que les gens à qui je rends visite ont besoin de moi. Ce n'est le cas de personne d'autre.

Elle étudie sa bière avant d'avaler une gorgée, puis elle lève son shot vide pour signaler au barman d'en apporter d'autres.

– Mince, je dis en riant.

– Quoi, tu as peur pour ta réputation... ou la mienne ?

– La tienne est déjà fichue, Princesse. Et puis Henrik surveille les paparazzis. S'il aperçoit l'ombre d'un appareil photo, il va m'appeler et nous récupérer devant l'issue de secours. Pas de mauvaise pub ce soir, ma belle. Désolé.

Le barman pose les shots sur la table.

– Alors à la tienne ! dit-elle en souriant.

– Merde, je suis dans le pétrin, je marmonne en vidant le deuxième whisky de la soirée.

CHAPITRE 7

Bon sang, ce que j'ai mal à la tête ! Je pousse un grognement et roule sur le côté pour blottir mon nez dans ses cheveux.

– Hmmm, ma pêche, je marmonne contre sa peau douce.

Je la prends par la taille et me plaque contre son dos, oubliant mon mal de crâne en me rendormant lentement. Je respire son odeur de pêche et de crème, mais mes sens sont assaillis par un parfum floral. Je suis sur le point d'ouvrir les yeux lorsqu'elle se tourne dans mes bras.

– Bonjour, Sven...

Cette voix.

Ce n'est pas Skyler.

Et je ne suis pas Sven.

– Princesse ? je croasse en ouvrant grand les yeux, aveuglé par le soleil matinal.

Une douleur terrible explose dans mes tempes alors que j'essaie de comprendre ce qu'il s'est passé.

Nos visages sont à quelques centimètres l'un de l'autre. Lentement, comme si nous avions peur de bouger trop vite, nous commençons à nous éloigner.

– Oh non... chuchote-t-elle.

– C'est quoi ce bordel ? je demande en m'asseyant tant bien que mal malgré ma migraine.

La couette tombe et je suis soulagé de voir que nous sommes encore habillés. Elle porte le même pull à col en V et moi je suis en T-shirt.

Je regarde autour de nous et réalise que je suis dans ma chambre. Mais que fait-elle ici ?

Des souvenirs de la veille me reviennent soudain, un par un, comme ces fausses jumelles dans lesquelles on regardait lorsqu'on était petit, où l'image changeait chaque fois qu'on appuyait sur le bouton.

On se saoule au whisky.

On quitte le bar en riant.

Henrik nous ramène au palais. On joue au premier qui voit une BMW, il y en a beaucoup, on crie beaucoup.

Henrik nous dépose devant la porte d'entrée.

On essaie de faire le moins de bruit possible en allant à ma chambre, on se cogne aux murs et on rit comme des enfants.

On parvient à ma chambre et à mon lit...

Plus rien. Trou noir.

– Qu'est-ce que je fais dans ton lit ?

Elle se lève et je vois qu'elle est encore en legging. Dieu merci. Je regarde sous la couette, j'ai toujours mon pantalon. Ouf. Je me frotte le visage et secoue la tête.

– Je n'en suis pas sûr. Mes souvenirs deviennent flous après qu'on est rentrés au palais. La bonne nouvelle, c'est qu'on est encore habillés, donc on n'a rien fait de vilain.

– De vilain ? Tu serais bien chanceux de coucher avec moi. J'ai vu comment tu me regardais.

J'éclate de rire et le regrette instantanément, car ma tête explose.

– Tu es une femme superbe avec un corps de rêve. Tous les hommes te regardent, les seuls qui t'ignorent sont gays.

Elle fronce les sourcils et passe sa main dans ses cheveux décoiffés. Je remarque que ses lèvres ne sont pas gonflées, on ne s'est sans doute pas embrassés hier soir. C'est bien la dernière chose dont j'ai besoin, surtout que j'ai l'intention de revoir mon actrice préférée dès que j'aurai quitté le Danemark.

La princesse pointe le lit du doigt.

– Je n'ai pas l'impression d'avoir fait quoi que ce soit à part dormir. Tu ne me plais pas de cette façon.

– Pfff ! Tu serais bien chanceuse de coucher avec moi, je dis, en singeant ses paroles. Crois-moi princesse, je suis un dieu au pieu.

– Si tu le dis, répond-elle en levant les yeux au ciel. Le seul homme avec qui j'ai couché est Sven, et je n'ai aucune envie d'être avec un autre... dit-elle sans se rendre compte de ce qu'elle vient de révéler.

Je pointe mon index sur elle.

– Je le savais ! Tu es encore dingue de lui, et tu viens de l'admettre.

Elle prend une mine ennuyée.

– Ah non, il est hors de question que tu évites la question. Tu veux être avec Sven. Tu viens d'admettre qu'il est le seul que tu désires. Alors dis-moi tout, Princesse. Pourquoi tu l'évites ? Pourquoi tu le fais souffrir ?

– Je n'ai jamais voulu le faire souffrir, répond-elle en croisant les bras. C'est juste... que c'est mieux comme ça.

– Mieux pour qui ?

Je la vois ravaler ses sentiments, lutter pour ne pas perdre la face. Des larmes remplissent ses yeux, mais elle ne les laisse pas couler.

– Ma sœur sera une reine parfaite. C'est elle qu'il doit épouser.

Je ne parviens pas à retenir le soupir exaspéré qui m'échappe.

– Mais ce n'est pas elle qu'il veut. Il te l'a déjà prouvé ! Il t'aime ! Il te veut à ses côtés. Pourquoi vous priver d'une vie heureuse ensemble ?

– Parce que je ne serai jamais la reine dont il a besoin. Je lui ferai honte. Je ne connais pas les règles. Je suis trop égoïste. Je ne suis en rien la princesse d'un conte de fées, dit-elle en désignant son propre corps de la tête aux pieds. Il lui faut une femme qui dirigera le pays avec lui, qui servira d'exemple à sa famille et qui contribuera à l'héritage qu'il laissera derrière lui. Je ne suis pas assez bien pour lui, je ne le serai jamais ! s'écrie-t-elle, et les larmes se mettent à couler sur ses joues.

Je l'attire dans mes bras, conscient qu'elle a besoin de soutien.

– Princesse, il ne veut pas d'une reine parfaite. Il veut être heureux. Il est amoureux et il veut épouser celle avec qui il se voit devenir vieux. Tout le reste se mettra en place tout seul. Tu apprendras à être reine s'il le faut, mais si tu veux mon avis, tu te sous-estimes.

Elle empoigne mon T-shirt et pleure contre moi. Je la serre dans mes bras et me contente de la tenir alors qu'elle laisse enfin libre cours à ses sentiments.

– Pourquoi tu refuses d'entendre que Sven sait ce qu'il veut ? Ma belle, c'est toi qu'il a choisi. Maintenant, il est temps que tu le choisisses aussi. Que tu assumes ton avenir. Sois la femme qui dépasse ses peurs et qui croque la vie à pleines dents. Il t'épaulera, je te le promets, je chuchote en l'embrassant doucement sur la tête.

– J'ai tellement peur de me tromper. Et si j'échouais ?

– Ma belle, la question que tu dois te poser c'est... et si tu réussissais ? je dis en passant ma main dans ses cheveux.

– Je n'étais pas censée devoir faire ce choix. On était censés être tous les deux, Sven et moi, prince et princesse. On ne devait jamais avoir de responsabilités et on n'en voulait pas. C'est Enok et Elizabeth qui devaient être roi et reine.

– Parfois la vie est injuste, des drames se produisent. Il faut apprendre à s'adapter. À grandir. À changer.

– À assumer son avenir ? dit-elle, reprenant mes paroles.

– Exactement, je réponds en souriant. La vie n'est pas facile. Elle n'est pas censée l'être. Si tout était simple, on n'apprécierait pas les bons moments.

Elle renifle tandis qu'une larme dévale le long de sa joue. Je l'essuie avec mon pouce.

– Je ne sais pas quoi faire, admet-elle d'une voix tremblante.

– Que te dit ton cœur ?

Je suis persuadé qu'elle fera le bon choix, qu'elle oubliera ses doutes et qu'elle se rendra compte qu'elle peut tout faire si elle le décide. Cependant, elle se décompose sous mes yeux et je sais que tout ce que je viens de dire n'a servi à rien.

– De laisser Sven être le roi qu'il doit être. De prendre mes distances et de faire en sorte qu'il atteigne son potentiel et rende sa famille fière de lui.

– Christina...

Elle plaque le revers de sa main sur sa bouche tandis que des sanglots lui échappent.

– Non. Je ne peux pas. C'est égoïste de vouloir être avec lui... pleure-t-elle avant de tourner les talons et de courir à la porte.

– Christina, attends ! Il faut qu'on parle ! je m'exclame alors qu'elle ouvre la porte et se retrouve nez à nez avec Bo.

– Salut ma belle, dit mon collègue en souriant jusqu'aux oreilles, appuyé sur l'embrasure de la porte.

Christina lui adresse à peine un regard avant de le bousculer pour s'enfuir.

– Merde !

Je soupire et me laisse tomber sur le lit. Je me tire les cheveux, aggravant encore mon mal de tête. Bon sang, j'ai bien besoin d'un Paracétamol.

– On dirait que j'ai interrompu le traditionnel discours du « jour d'après »... dit-il d'un air désolé.

– Non, t'en fais pas. Je n'ai pas couché avec elle.

– Non ? Pourquoi pas ? s'étonne-t-il. Cette poulette est canon, je n'aurais pas hésité, moi.

Parfois, mon meilleur ami est la personne la plus agaçante au monde.

– Bo, ce n'est pas une poulette. C'est la princesse que je suis censé remettre sur le droit chemin.

– Ah ! Eh ben, si tu n'as pas couché avec elle, elle est déjà sur le droit chemin, non ? demande-t-il d'un air sournois en tirant sur son bouc. Je ne comprends pas.

– Assieds-toi et sers-toi un café. Je vais te résumer la situation. Au fait, t'aurais pas de l'Ibuprofène ?

Bo ricane et pose sa sacoche sur le canapé pour en sortir une boîte d'antidouleur qu'il me jette.

– Merci.

– J'en ai toujours sur moi, dit-il en allant au chariot du petit déjeuner.

Il me sert un café noir et me le tend sans sous-tasse. Je souris avant d'avaler deux cachets. Il se verse une tasse, retourne à sa sacoche et en sort deux mignonnettes de whisky. Il en vide une dans son breuvage, vient à moi et vide la seconde dans mon café.

– Fais-moi confiance, il faut soigner le mal par le mal.

Je hoche la tête et laisse l'alcool réchauffer mon ventre.

– Maintenant dis-moi ce qui se passe au château Kaarsberg. Wendy ne savait rien. Elle m'a juste donné un billet d'avion et m'a dit de prendre mon matériel de photo.

Je reprends mes esprits, m'efforçant de dissiper le brouillard qui m'enveloppe, et je rejoins mon meilleur ami, espérant qu'il pourra m'aider.

– Voici ce qui se passe et pourquoi je t'ai fait venir.

♦ ♦ ♦

Deux jours plus tard, sans nouvelle prise de bec avec la princesse, tout se déroule comme prévu.

– Tu as contacté les paparazzis pour les deux premières sessions photo ?

– Ouais, c'était facile, répond Bo. Je leur ai promis un bon prix s'ils publient les photos quand on le leur demande. Pour eux, c'est un plan en or, ils n'ont rien à faire et ils auront des photos inédites de l'enfant terrible en plein bénévolat. La première série devrait être publiée en ce moment même, et la prochaine sortira ce soir. Quant aux photos d'aujourd'hui, elles sortiront demain matin.

Je souris tandis que nous passons la porte de l'hôpital. De mon côté, je me suis assuré que les médias s'intéresseraient également aux lieux où la princesse donne de son temps. Si le public l'apprend, peut-être sera-t-il tenté de faire preuve de générosité aussi.

Bo cache son appareil dans son sac et se met à parler à un homme âgé. La princesse ne le reconnaîtra pas puisqu'elle ne l'a croisé qu'une poignée de secondes. Et puis, elle ne s'attend pas à ce qu'on la prenne en photo ici.

Ce qu'elle ne sait pas ne lui fera pas de mal. J'ai choisi d'être ferme avec elle. Christina pense qu'elle n'est pas digne de régner avec Sven, malgré l'amour qu'elle a pour lui. Elle préfère se sacrifier pour le protéger. Quant au prince héritier, il est tellement désespéré qu'il m'appelle quotidiennement pour savoir si j'ai fait des progrès.

Je trouve terriblement triste de voir deux personnes qui s'aiment mettre en péril leur bonheur parce que chacune veut protéger l'autre. Sven préfère vivre seul s'il ne peut avoir Christina, et la princesse préfère renoncer à lui pour qu'il puisse exercer sa fonction de roi du mieux qu'il peut.

Je souris en repensant à mon plan de génie.

Mon téléphone sonne, m'annonçant un mail. C'est une alerte sur Christina Kaarsberg. Le titre annonce « Sainte princesse Christina. Son bénévolat secret ».

Ça va être génial.

◆ ◆ ◆

Le lendemain matin, Bogart et moi avons à peine passé le seuil du salon que Christina nous attaque, me frappant avec trois journaux différents.

– Qu'est-ce que tu as fait ? s'écrie-t-elle.

Sa mère est debout derrière elle, l'ombre d'un sourire sur les lèvres. Eh bien, serait-elle satisfaite, pour une fois ? Waouh.

– Tu es le seul qui savait ! Ça fait des années que je fais ça en secret. Des années !

Bogart marche d'un pas décidé vers la mère, s'incline et lui fait un baisemain.

– Enfin, nous nous rencontrons, Princesse Mary. Je ne savais pas que vous étiez aussi belle, ronronne-t-il.

Je grince des dents, mais laisse mon collègue tenter de la séduire.

– Enchantée, Monsieur Montgomery, dit-elle d'une voix douce que je n'avais pas encore entendue.

Ce satané Bo, il ne peut vraiment pas s'empêcher de draguer tout ce qui bouge.

– Pourquoi tu m'as fait ça ? râle Christina en faisant les cent pas, les joues rouges, embellie par sa colère.

Je prends les journaux et lis les titres des unes.

Sainte Princesse Christina, son bénévolat secret
Sainte Christina, finalement pas si vilaine
Mère Teresa, version royale

– J'aime le dernier titre, il te va bien.

– Tu as tout gâché... pleurniche-t-elle.

Je plie les journaux, les coince sous mon bras et la regarde en joignant les mains devant moi.

– Tu veux dire que j'ai redoré ta réputation. De rien !

Elle lève la tête vers moi et me fusille du regard.

– Vous avez fait du très bon travail, Messieurs Ellis et Montgomery, dit la princesse Mary en s'asseyant sur le canapé, toujours bien droite. Mon mari et moi sommes très contents, le prince héritier aussi d'ailleurs.

– Sven ? dit la princesse.

– Oui. Il était ravi de voir ce côté de ta personnalité révélé au public. Nous avons déjà reçu de nombreuses demandes d'interview des médias locaux. Tu rencontreras les premiers la semaine prochaine, ordonne-t-elle sur le même ton qu'elle demanderait à une servante de faire la vaisselle.

Cette femme traite sa fille comme une enfant alors qu'elle a vingt-cinq ans.

Christina cesse de faire les cent pas et dévisage sa mère.

– Je ne ferai rien de la sorte.

Sa mère se lève brusquement, sa colère devient palpable.

– Tu vas saisir cette occasion de te faire respecter et d'honorer notre nom. Tu vas effacer ton comportement désastreux des derniers mois et présenter une nouvelle princesse au public, qui va l'adorer.

– Je n'en ferai rien, Mère. Vous ne pouvez pas me forcer, dit Christina en fermant les yeux et en secouant la tête.

– Non, c'est vrai. Mais lorsque tu verras la joie dans le regard de ton père, sa fierté... Tu n'as qu'à lui dire toi-même que tu n'es pas la femme généreuse, aimable et charitable que les médias décrivent, la femme dont il est fier et dont il aime parler à tous ceux qui veulent bien l'écouter.

Je rejoins Christina et la prends dans mes bras. Sa première réaction est de résister, mais je ne la laisse pas m'échapper.

– J'aimerais pouvoir dire que je suis désolé, mais je ne le suis pas. Tu mérites l'attention que t'accorde la presse. Il faut que tu comprennes tout ce que tu peux apporter à ce pays.

– Non, répond-elle en se débattant contre moi.

– Écoute-moi, je rétorque en la retenant. Tu dois te mettre une chose en tête. Tu es digne d'être reine.

– Je suis entièrement d'accord… dit une voix grave depuis la porte.

Christina se tourne brusquement et se fige en voyant le prince.

Ses cheveux blonds sont lâchés sur ses épaules. Sa cravate est desserrée et son costume a vu des jours meilleurs. On dirait qu'il a dormi avec. Cependant, ce sont ses yeux qui m'inquiètent le plus. Ils sont pleins d'une tristesse énorme et il semble prêt à s'effondrer.

– Sven, qu'est-ce qui ne va pas ? s'inquiète Christina en courant vers lui.

Il déglutit et baisse la tête. Il semble seul au monde. Christina baisse également la tête pour le regarder dans les yeux.

– Parle-moi. Qu'est-ce qui ne va pas ? Tu me fais peur !

Sven l'attire dans ses bras et enfouit sa tête dans ses cheveux épais.

– J'ai tellement besoin de toi… dit-il d'une voix rauque.

– Pourquoi, Sven ? Chéri, pourquoi ?

Chéri. Ce mot suffit à me faire penser à celle qui me manque tant. La seule à m'appeler ainsi. Je ferme les poings et respire lentement.

– Mon père…

– Ton père… répète Christina en caressant ses cheveux avant de prendre son visage dans ses mains.

Le prince la regarde comme si elle était la clé de son bonheur. Il la serre contre lui comme si elle était tout pour lui et qu'il avait besoin d'elle pour tenir debout. C'est l'incarnation d'un homme ravagé et fou amoureux.

– Le roi est mort.

CHAPITRE 8

L'immense Viking s'effondre sous nos yeux. Et quand je dis « s'effondre », il tombe littéralement à genoux en s'agrippant à Christina comme si elle était sa bouée de sauvetage. Elle pousse un cri en essayant de le retenir, mais rien ne le peut. Il se noie dans son chagrin, et Christina est la seule chose qui le relie à la réalité.

Elle tient sa tête contre son ventre et caresse ses cheveux.

– Je n'y arriverai pas seul, *min elskede*[5].

Il s'accroche à elle et la serre encore plus fort.

– Je t'en supplie... Christy. Ne m'y oblige pas. J'ai besoin de toi. S'il te plaît...

Mon cœur bat la chamade en voyant cet homme se décomposer, conscient que je serais dans le même état s'il s'agissait de mon père.

Les larmes de Christina coulent sur ses joues, puis sur le visage de Sven, qui la regarde en l'implorant.

---

5. En danois dans le texte. « Chérie ».

Je vois Christina hésiter face à la détresse de l'homme qu'elle aime, mais je sais qu'elle est douée pour fuir ses sentiments. Or, elle ne le peut plus. Elle doit choisir. Alors, j'interviens.

– Il te supplie à genoux, Christina. Choisis-le, comme il te choisit, toi.

Je la regarde trembler dans les bras du prince.

– Je ne te mérite pas... pleure-t-elle en passant sa main dans les cheveux de Sven.

Il attrape ses doigts et les porte à sa bouche.

– Tu es parfaite pour moi. Tu es tout ce dont j'ai besoin. Et en cet instant, j'ai plus que jamais besoin de toi à mes côtés...

Elle ferme les yeux, la pièce est plongée dans le silence. Tout le monde semble retenir son souffle.

– Je serai là pour toi... chuchote-t-elle.

Je ne peux retenir un sourire. Elle a fait le bon choix.

Il appuie son front sur son ventre et ses épaules s'affaissent, comme écrasées par ses sentiments.

– Pour toujours ? demande-t-il en levant la tête vers elle, attendant qu'elle se donne complètement à lui.

– Pour toujours.

– Main dans la main... dit-il en prenant la sienne. Tu seras ma femme... la mère de mes enfants...

Il se lève et appuie son front contre le sien.

– Ma reine... ajoute-t-il en frôlant sa bouche avec ses lèvres, la regardant droit dans les yeux.

– Oui, Sven. Je tiendrai ta main, répond-elle d'une voix tremblante. Je serai ta femme. J'aurai autant d'enfants que tu le voudras.

Elle ferme les yeux quelques instants et je vois son visage s'illuminer. Elle se tient plus droite et semble soudain plus forte.

– Je serai ta reine.

Sa voix est ferme, déterminée.

Il s'empare de sa bouche avec une violence surprenante.

– Je crois qu'on devrait... euh... partir ? je suggère en regardant Princesse Mary, qui sourit pour la première fois depuis que je suis arrivé.

Peut-être est-ce parce que Bo a son bras autour de ses épaules.

Sven recule pour reprendre son souffle. Il saisit Christina par la taille et se tourne vers nous.

– Nous nous marierons dans deux semaines. Dimanche, nous enterrerons mon père. Le dimanche suivant, j'épouserai ma reine. C'est ainsi que Père l'aurait voulu.

– Majesté... il y a beaucoup de choses à faire en seulement deux semaines, répond Princesse Mary.

Le prince sourit jusqu'aux oreilles et ignore la remarque de sa future belle-mère.

– Ce sera fait. Mère prendra contact avec vous demain.

– On peut rester pour vous aider si vous le souhaitez, je dis.

Il hoche la tête et lâche Christina pour venir à moi.

– Je vous dois tout, Monsieur Ellis. Je n'oublierai pas ce que vous avez fait pour moi. Le roi du Danemark... comment dit-on... je vous revaudrai ça.

– Très bien, je dis en serrant sa main, mais je n'ai pas fait grand-chose. Votre amour était là. La princesse devait simplement croire en elle, en son mérite et en votre amour. Et je suis sûr que vous l'aiderez à oublier sa peur de ne pas être à la hauteur.

– Il n'aura pas à le faire. Je m'en chargerai, dit Princesse Elizabeth en entrant dans le salon. Je ne voulais pas écouter à la porte, mais j'ai tout entendu.

Je suis sincèrement désolée, Majesté. Après ce qui est arrivé à Enok, je suis navrée que votre famille soit de nouveau en deuil.

Sven ouvre ses bras et elle se serre contre lui en fermant les yeux. Lorsqu'elle les ouvre, ils sont pleins de larmes. Elle se racle la gorge, libère le prince et se tourne vers sa sœur.

– Christina... Je suis désolée si tu penses que tu n'es pas digne d'être reine. Mais je suis surtout désolée d'avoir contribué à cette impression. Je suis anéantie depuis la mort d'Enok et j'ai... Non, c'est une excuse. Je n'ai pas été gentille avec toi. On a toujours été meilleures amies, on avait prévu de vivre à proximité l'une de l'autre, mariées à deux frères, dit-elle en souriant. Quelque chose a craqué en moi quand j'ai perdu Enok. C'est comme si la meilleure partie de moi-même était morte avec lui. Je n'aurais jamais dû dire que je pouvais épouser Sven. Jamais, chuchote-t-elle. C'est ton âme sœur, l'homme de ta vie. Je ne veux que le meilleur pour toi. Je suis désolée, tellement désolée. Je serai honorée de t'aider à apprendre ce dont tu as besoin pour être une reine forte et respectée.

Elle prend les mains de sa sœur dans les siennes.

– Parce que... je crois en toi, Christina. J'ai toujours cru en toi, et ça ne changera jamais.

Christina serre sa sœur contre elle et elles se tiennent l'une l'autre plusieurs secondes, pleurant des larmes de joie.

– J'adore les fins heureuses, dit Bo en applaudissant. Où est le champagne, Princesse ? Que la fête commence ! s'exclame-t-il en mettant un petit coup de coude à la princesse Mary, qui saisit la cloche sur son bureau.

– Oui, Votre Altesse ? dit Henrik en entrant.

– Apportez-nous notre meilleur champagne. Ma fille a accepté d'épouser le roi du Danemark.

♦ ♦ ♦

Allongé sur mon lit, bien plus tard, je prends mon téléphone pour l'appeler.

– Parker...

Sa voix est douce et suave, et mon corps se couvre de chair de poule.

– Ma pêche... je chuchote en imaginant que son parfum remplit mes narines.

– Comment tu vas ? demande-t-elle en bâillant.

Je regarde ma montre. Il est trois heures du matin ici, mais il n'est pas si tard sur la côte Est.

Une fois qu'ils ont eu débouché le champagne, Sven et Christina ont bu jusqu'à être saouls et ils sont désormais en train de cuver dans sa chambre. Cela dit, *cuver* est sans doute le mauvais terme. Ils sont probablement en train de baiser comme des lapins. En fin de compte, nous avons passé la journée avec Sven et Christina, à parler du roi et d'Enok. Ils nous ont raconté plein d'anecdotes et je n'ai cessé de rire en apprenant toutes les bêtises que peuvent faire les membres de la royauté. Quant à Bo, il n'a cessé de faire part de son admiration à Princesse Elizabeth.

– Quelle heure est-il chez toi ?

– Il est à peine vingt et une heures, mais j'ai passé la journée à répéter avec Rick et je suis crevée.

Grrr... Rick.

– Eh, tout doux là-bas, je t'entends râler depuis New York, dit-elle en riant.

Elle n'a pas tort, il me suffit d'entendre son prénom pour m'irriter. Toutefois, je n'ai aucun droit sur Skyler, alors je garde mes pensées pour moi et je me concentre sur l'instant présent.

– C'est juste que j'aimerais être avec toi.

– Hmmm. Est-ce que ta mission est finie ? demande-t-elle d'une voix pleine d'espoir.

Hélas, je vais devoir gâcher sa bonne humeur.

– Non. Je dois encore rester une quinzaine de jours.

– Mais chéri, je commence le tournage mercredi, on ne pourra pas se voir à ton retour...

– Je sais.

– Ça craint... râle-t-elle.

– Mais j'ai une idée, si tu penses avoir le temps.

– Ah ?

– Eh bien, maintenant que le prince héritier est sur le point de devenir roi, la future reine a fait appel à moi pour l'aider à se préparer...

– Oh non ! Ça veut dire que le roi est mort, je suis encore plus triste.

Bon sang, cette nana est adorable.

– Oui, c'est triste, mais la bonne nouvelle, c'est que le prince Sven va épouser sa reine dans deux semaines.

Elle retient sa respiration et je l'imagine assise en tailleur sur son lit, son téléphone plaqué contre son oreille. Ses cheveux sont lâchés, elle est démaquillée et elle porte un ensemble caraco-culotte de chez Wonderbra. C'est ce qu'elle a l'habitude de mettre pour dormir, sauf quand je suis là puisque je ne manque jamais de la déshabiller pour la dévorer.

Mon sexe durcit un peu, mais je suis trop fatigué pour me caresser. Heureusement, la voix joyeuse de Skyler me fait reprendre mes esprits.

– Ça va être la folie là-bas ! s'exclame-t-elle. Entre l'enterrement du roi, le couronnement du prince et le mariage royal...

– Absolument.

– Alors, à quoi tu as pensé pour nous ? demande-t-elle d'une voix joyeuse.

– Eh bien, je me demandais, ma chère, si tu voulais m'accompagner au mariage du roi Sven Frederik et de sa fiancée, Princesse Kristina Kaarsberg. J'ai pensé que tu pouvais venir le samedi et être mon « plus un » à la réception.

– Tu te moques de moi ? crie-t-elle si fort que je dois éloigner mon téléphone. Mon Dieu, c'est génial ! Un vrai mariage royal avec des princesses et des rois et des reines ! Oh mon Dieu !

J'entends son lit couiner, je connais bien ce bruit après nos innombrables parties de jambes en l'air.

– Qu'est-ce que tu fais ? je demande en riant.

– Je saute sur mon lit, quelle question !

J'attends une minute pour la laisser se défouler.

– Ok, je veux être sûre de comprendre : tu veux que je t'accompagne à un mariage royal au Danemark dans deux semaines ?

– Oui... mais si tu es trop occupée...

– Mais non, ne sois pas bête ! Bien sûr que je serai là, joli cœur ! Il faut juste que la production et le directeur acceptent. Cela dit, ça leur fera forcément de la pub, surtout si j'accepte de répondre à quelques questions...

– Joli cœur ? C'est nouveau, ça.

– Ça te va bien, je trouve.

– Qu'est-il arrivé à *chéri* ? J'aimais bien, moi, *chéri*.

Elle fredonne de cette façon qui m'excite et qui me fait durcir instantanément.

– Je vais demander à Wendy de s'occuper des détails.

– Je peux acheter mon billet moi-même, tu sais.

– Oui, mais tu es mon invitée, et quand je propose des rencards, c'est moi qui paie, un point c'est tout.

– Quelle galanterie ! se moque-t-elle. J'ai hâte de te voir.

– J'ai hâte de passer la nuit du samedi au lit avec toi. Attends-toi à ne pas fermer l'œil, tu dormiras dans l'avion.

Elle éclate de rire. Mon Dieu, j'adore ce rire si plein de vie.

– D'accord, c'est noté. J'attends le mail de ton assistante.

– Elle te contactera pour avoir tes infos et celles de tes gardes du corps. Ce serait bien qu'ils viennent aussi. Il va y avoir énormément de médias.

– Bien sûr, soupire-t-elle. C'est logique. Rachel va adorer se rendre à un mariage royal.

– Du moment qu'elle adore que personne d'autre que moi ne puisse mettre ses pattes sur toi, je suis ravi.

– Quel homme des cavernes ! gronde-t-elle.

– Eh, je veux juste m'assurer de pouvoir continuer à coucher avec toi.

– Alors tu ne penses qu'à ça ? À baiser avec moi ?

Elle fait mine d'être vexée, mais je la connais, elle aime autant le sexe que moi.

– Oui ! Et ne t'avise pas d'insinuer que je suis le seul. Je ne sais pas toi, ma pêche, mais la bête en a marre de ma main droite.

– Dans ce cas, heureusement que le cobra n'a pas à attendre encore longtemps, susurre-t-elle de cette voix suave qui me rend dingue.

– Je le savais, tu as envie de moi, toi aussi !

– Tais-toi, grogne-t-elle.

– Tu es en manque
– J'ai dit tais-toi ! dit-elle en riant.
– Tu rêves de me revoir à poil, je murmure.
– Mais non !
– Tu rêves d'être nue avec moi.
– N'importe quoi !
– Tu me veux debout contre la porte, au lit, sous la douche, par terre, sur la première surface qu'on trouvera. Et crois-moi, Sky, je te prendrai partout. C'est une promesse.
– Euh... d'accord. Oui, s'il te plaît !
J'éclate de rire avant d'étouffer un bâillement.
– Bébé, il faut que je me couche. Et toi, tu dois t'occuper de ta venue au Danemark dans deux semaines.
– J'ai hâte.
– Eh... je commence avant de répéter ce que je veux lui dire.
– Oui ?
– En dehors de la baise... tu me manques, Sky. Ton rire me manque, ton sourire, nos repas ensemble. Bon sang, ça me manque de ne pas dormir avec toi. J'ai l'impression de ne pas avoir dormi depuis des semaines.
Cette femme m'a jeté un sort, je ne sais pas ce qu'elle m'a fait et je ne tiens pas encore à trop y réfléchir.
– Moi aussi ! Tu sais pourquoi, toi ? Je ne comprends pas, j'ai dormi seule toute ma vie. Mais toi tu débarques, je passe trois semaines avec toi, et maintenant c'est foutu !
– C'est pareil pour moi. À très vite, je réponds en bâillant.
– D'accord, chéri.
Ah, voilà mon « chéri ».

– Pense à moi, dit-elle avant de raccrocher.

Cette nuit, lorsque je fermerai les yeux, je ne verrai qu'elle.

CHAPITRE 9

– Non, non, non. Épaules en arrière, tiens-toi droite, dit Elizabeth en suivant du bout du doigt la colonne vertébrale de sa sœur pour lui montrer comment se tenir.

– Je suis fatiguée, râle Christina. Je sais comment me tenir, Lizzie. Et je savais aussi quelle fourchette utiliser avec quel plat. J'ai vécu toute ma vie dans cette maison, j'ai eu la même éducation que toi...

– Sauf que tu as passé tout ton temps à t'échapper pour rejoindre Sven, gronde Elizabeth en croisant les bras. Tu veux mon aide ou pas ?

Christina lève les yeux au ciel et hoche la tête.

Elizabeth ouvre l'énorme classeur dans lequel sont répertoriés toutes les règles et tous les détails du protocole à suivre dans toutes les situations possibles et imaginables.

– C'est l'heure du quiz... dit Elizabeth en frappant dans ses mains, clairement ravie.

– J'ai besoin de faire une pause, Lizzie. Tu m'ennuies à mourir, chère sœurette.

– Tout ça n'est pas ennuyeux, rétorque-t-elle en fusillant sa cadette du regard. C'est nécessaire. Et tu vas tâcher de tout apprendre et de faire honneur à ta famille...

– Ah, parce qu'il m'est impossible d'accomplir cela en étant moi-même ? crache Christina.

– Ce n'est pas ce que j'ai dit, rouspète Elizabeth.

– Inutile, je sais que tu le penses.

Christina tourne les talons pour partir quand Bo l'arrête.

– Viens par ici, ma chérie. Asseyons-nous un instant. Prenons un café et discutons un peu, tu veux ?

– À quoi ça sert ? Je ne serai jamais douée pour ces choses, dit-elle d'un ton désespéré.

– Princesse, on peut avoir trente minutes de pause ? demande Bo à Elizabeth. Parker et moi devons parler à Christina.

– Très bien, soupire-t-elle. Mais pas une minute de plus, dit-elle en sortant de la pièce.

– Elle est tellement froide, dit Bo en faisant mine de frissonner.

Christina rit quelques secondes avant de redevenir sérieuse.

– Non, c'est juste que c'est important pour elle. Pour ma famille. Vous voyez, c'est pour ça que je ne pense pas être une bonne reine.

– Mais non, tu vas être géniale, je dis en prenant sa main. On n'est plus au XIXe siècle. Beaucoup de choses ont changé et tu peux contribuer à les faire changer. Toi et Sven allez faire plein de choses géniales ensemble, en équipe. Tu n'es pas seule. Il sera là pour t'épauler.

– C'est vrai, admet la jeune femme. Mais... si les gens ne m'aiment pas ou qu'ils pensent que je suis une mauvaise reine ?

– Comment pourraient-ils ne pas t'aimer ? dit Bo. Tu es belle, intelligente, tu as l'âme charitable, tu es généreuse et, surtout, tu aimes le roi de tout ton cœur.

– Je ne suis pas sûre que ça suffise, répond Christina, des larmes dans les yeux.

– Christina, tu sers déjà ton peuple depuis longtemps en étant bénévole pour de nombreuses causes. Tu donnes de ton temps, personnellement. Tu ne te contentes pas de donner de l'argent. Tout le monde le sait, à présent. Les Danois sont fous de toi et de ton histoire et ils sont occupés à voter pour qui fera ta robe de mariée, pas pour savoir si tu seras une bonne reine.

Elle éclate de rire.

– Ce sera Oscar de la Renta, bien évidemment, déclare Bo en la regardant dans les yeux.

– Bo, sérieusement, tu t'égares, je gronde.

– Pas du tout, mon pote. La robe est ce qu'il y a de plus important. Et il lui faut celle d'Oscar de la Renta, elle est parfaite pour elle. Ce type est un génie pour les femmes avec une silhouette en huit.

– Bo a raison. De toutes les robes que j'ai reçues, celle d'Oscar de la Renta me va le mieux, acquiesce Christina, remise de ses doutes.

Bo me regarde d'un air suffisant en penchant la tête sur le côté.

– Quoi qu'il en soit, je veux que tu me dises ce qui ne va pas chez toi.

– Eh bien... ces derniers mois, j'ai fait la fête...

– On a déjà réglé ce problème dans la presse en disant que tu voulais goûter à la vie d'une jeune femme normale. Quoi d'autre ?

– Je ne suis pas aussi préparée que Lizzie.

– Et c'est pour ça qu'elle t'aide. Problème suivant ? Je peux faire ça toute la journée, crois-moi.

– Si on faisait l'inverse ? propose Bo. Si tu nous disais pourquoi tu penses que tu seras une bonne reine ?

– Euh... je fais déjà partie de la royauté ?

– En dehors de ça, je réponds.

– Eh bien, je vais tout faire pour répondre aux besoins de Sven et de mon peuple, déclare-t-elle d'un ton sincère.

– C'est tout ce qu'on peut attendre d'une nouvelle reine. Quoi d'autre ?

– Je suis sincèrement intéressée par les problèmes que rencontre notre pays. Je veux essayer d'aider, je veux me salir les mains.

– Est-ce que d'autres membres de la famille royale sont aussi impliqués ?

– Un peu, mais je pense qu'on peut mieux faire.

– Tout ça me paraît super. Quoi d'autre ? j'insiste pour qu'elle voie enfin tout ce qu'elle a à offrir.

– Eh bien... j'aimerais en faire davantage pour les femmes au travail. L'égalité salariale est loin d'être acquise...

Je souris jusqu'aux oreilles et je ris en même temps que Bo.

– Quoi ? demande-t-elle en souriant.

– Tu ne t'entends donc pas ? Tout ce que tu viens de dire prouve à quel point tu vas épater les Danois. Bravo !

Elle penche la tête sur le côté et réfléchis à ce que je viens de dire.

– Je n'ai jamais vu les choses ainsi. Je veux seulement aider comme je peux.

– Et... ne dirais-tu pas que cette envie fera de toi une reine géniale ? Une reine dont on parlera longtemps dans les livres d'histoire, j'ajoute.

Son visage s'illumine, comme si un rayon de soleil pénétrait soudain dans la pièce.

– Tu sais, Parker, peut-être que tu as raison. Peut-être que je peux m'en sortir avec ma compassion, en étant aux côtés de Sven et... en étant simplement moi-même.

– Eh bien, voilà la reine que j'ai envie de voir.

◆◆◆

Je sors de la limousine devant l'aéroport, et l'air froid du matin me donne la chair de poule, mais je le remarque à peine. Hélas, avec un mariage royal, il y a des paparazzis partout. Lorsque je lui en ai parlé hier soir, Skyler m'a dit qu'elle s'en fichait. Elle voulait que je vienne la chercher à l'aéroport.

Je regarde autour de moi et vois tous les appareils photo prêts à mitrailler les invités VIP. Les paparazzis ont vu la limousine et ils attendent de savoir qui va monter dedans. Je voulais qu'elle vienne en jet privé et qu'elle atterrisse dans un aéroport plus petit où les médias ne seraient pas aux aguets, mais avec l'arrivée des familles royales du monde entier, c'était impossible. Sans rire, même la reine d'Angleterre et sa famille ont répondu présent. Selon les rumeurs, le président des États-Unis lui-même sera là.

Perdu dans mes pensées, je m'appuie contre la limousine et croise les chevilles, les yeux rivés sur les portes. Soudain, un brouhaha éclate et des cris de surprise parcourent la foule.

Les portes s'ouvrent, et là voilà.

La femme de mes rêves.

Ma pêche.

Skyler Paige.

Elle sourit jusqu'aux oreilles en me voyant et se tient plus droite. Ses yeux caramel brillent sous le soleil et ses cheveux dorés scintillent. Elle pourrait être sur le podium d'un défilé qu'elle ne serait pas aussi belle.

À ses côtés se tiennent un homme énorme et une petite femme blonde. Cela dit, la femme compense sa petite taille par son attitude féroce, tendant le bras pour créer un mur à gauche de Skyler. De l'autre côté, le visage du type défie quiconque de s'en prendre à sa protégée. Son bras est également tendu pour faire de la place à Skyler. Ma pêche ne remarque même pas la foule qui l'entoure, continuant d'avancer jusqu'à moi.

– Salut, dit-elle timidement en souriant.

– Tu es tellement belle que j'ai du mal à ne pas te tripoter, je réponds.

– Pourquoi tu te retiens ? demande-t-elle.

– Tu veux faire ça ici ? À la vue du monde entier ?

Elle hausse un sourcil et m'offre un sourire espiègle.

– Même pas peur ! Toi ?

– Quoi, peur d'être vu avec la femme la plus prisée d'Hollywood ? Tu plaisantes ?

Ce serait un honneur. Je suis l'homme le plus chanceux au monde.

– Tu dis ça, mais personne ne sait combien je suis pénible, répond-elle en riant avant de mordre sa lèvre inférieure.

Cette lèvre que je rêve de mordre à sa place.

– Moi si, je réponds.

Je souris et décide de risquer le tout pour le tout. Si elle s'en fiche, alors moi aussi. Je pose une main sur sa taille et plonge l'autre dans ses cheveux soyeux pour empoigner sa nuque, puis je l'attire fermement contre moi. Sa bouche est douce et elle ne tarde pas à l'ouvrir. J'accepte son invitation et y plonge la langue, goûtant le champagne et les fraises qu'elle a mangés dans l'avion.

Les gens applaudissent et crient autour de nous, mais plus rien ne compte lorsqu'elle est dans mes bras. Je tiens son menton et explore tous les recoins de sa bouche, et elle suce ma langue avant de mordre ma lèvre inférieure en me serrant contre elle. Je n'ai jamais ressenti ça auparavant. Mon cœur bat la chamade et mon sexe tressaute dans mon boxer, mais j'emploie tout mon self-control pour m'empêcher de bander.

Je recule pour reprendre mon souffle et elle appuie son front contre le mien en souriant.

– Quel accueil... chuchote-t-elle

Les caméras continuent de nous mitrailler.

– Bon sang, ce que tu m'as manqué, je réponds.

– Toi aussi.

Je l'embrasse sur le front et pose une main sur sa joue pour caresser ses lèvres avec mon pouce.

– J'adore voir ta bouche gonflée après que je t'ai embrassée.

– Je sais. Tu fais toujours ça.

– Parce que t'embrasser n'est comme rien d'autre sur cette terre et que j'ai besoin de te toucher pour être sûr que je n'ai pas rêvé.

– Allez, emmène-moi, dit-elle en posant ses mains sur mes épaules. On a assez donné aux paparazzis pour aujourd'hui.

Je hoche la tête et respire une nouvelle fois ce parfum de pêche et de crème qui me rend fou. Il remplit mes poumons et une sensation de sérénité extrême m'envahit.

Je me sens entier.

Lorsqu'elle est là, je me sens entier.
Merde.

◆◆◆

Nous entrons dans l'hôtel main dans la main. Nous n'avons pas pu éviter les paparazzis ici non plus. Il semblerait que les médias de toute l'Europe sont ici, postés devant tous les hôtels quatre et cinq étoiles de la ville.

Skyler ignore les cliquetis des appareils photo et elle reste à mes côtés, protégée par ses gardes.

– Mademoiselle Paige, surtout n'allez nulle part sans Rachel ou moi. La presse est déchaînée, grogne Nate alors que nous montons dans l'ascenseur.

Je souris et regarde Nate Van Dyken en hochant la tête. Il est aussi grand et baraqué que le roi Sven, peut-être est-il d'origine scandinave, et sa femme est loin d'être un poids plume. Elle a beau être petite et fine, je l'ai vue faire reculer un homme de trois mètres lorsqu'il a voulu toucher Skyler, et il faisait trois fois sa taille. À eux deux, ils forment une équipe féroce.

– Tes gardes me plaisent, je dis à Skyler, assez fort pour qu'ils m'entendent.

Rachel sourit, mais Nate se tient devant la porte de l'ascenseur, les bras croisés, les pieds écartés, prêt à se battre et à nous servir de bouclier.

– Moi aussi, ils sont géniaux. Et ils sont plus détendus quand on est seuls dans une pièce. N'est-ce pas, les gars ?

Elle leur parle comme si elle était agacée, mais ils ne réagissent pas. Ils sont en mode travail, et j'adore ça.

Nous arrivons à la suite que j'ai réservée. Elle a trois chambres qui donnent toutes sur un salon principal avec une salle à manger et un bar.

– Restez ici avec Rachel, ordonne Nate. Je vais jeter un œil.

Je lui donne la clé et il entre en silence. Quelques secondes plus tard, un raffut éclate derrière la porte, et je saisis Skyler pour la mettre derrière moi, contre le mur.

– Il nous faut des renforts ? demande Rachel en ouvrant la porte.

– Non, c'est bon, je l'ai eu, gronde Nate.

Il sort de la chambre, un énorme appareil photo dans une main, un homme dans l'autre. Le type est vêtu de l'uniforme de l'hôtel et il se débat contre Nate, mais il ne fait absolument pas le poids.

Nate tend la caméra à Rachel, qui l'ouvre pour en sortir la carte mémoire et la mettre dans la poche de son pantalon.

– Vous ne pouvez pas faire ça ! s'écrie le type alors que Nate appuie sur le bouton pour rappeler l'ascenseur.

– Tu as de la chance que je ne détruise pas ton appareil photo, espèce de raclure ! grogne Rachel.

– Bébé, je l'emmène à la sécurité de l'hôtel. Jette un coup d'œil à l'intérieur pour voir s'il n'y en a pas d'autres sous les lits.

– Il était sous le lit ? s'exclame Skyler.

Nate hoche la tête et pousse le mec dans l'ascenseur.

– Je reviens tout de suite. Ellis, protégez-la.

– Je mourrais plutôt que de laisser quoi que ce soit lui arriver.

Je ne réalise qu'après coup combien ma réponse est sincère. C'est vrai, je serais prêt à risquer ma vie pour elle. En même temps, est-ce que ce n'est pas le cas pour tous ceux à qui je tiens ?

Ceux à qui je tiens.

Je ferme les yeux et me tourne vers Skyler, m'efforçant d'ignorer mes pensées.

– Ça va ?

– Ouais, mais c'était flippant. Il était sous le lit ! Beurk !

– Ne t'en fais pas, je vais vite te faire oublier les mauvaises ondes de ce lit et les remplacer par des bonnes.

Elle sourit et passe ses mains derrière ma nuque.

– Ah, vraiment, Monsieur Ellis ? Je vous en prie, dites-moi comment vous comptez vous y prendre !

Je saisis son menton et lève sa tête vers moi pour la regarder dans les yeux.

– Comme ça.

Je plaque mes lèvres contre les siennes et elle soupire, ouvrant la bouche pour permettre à nos langues de commencer leur danse lente et sensuelle. Je suce sa lèvre inférieure et la caresse avec ma langue jusqu'à ce qu'elle gémisse, puis je recommence avec sa lèvre supérieure.

Je suis au paradis.

– La voie est libre. Ah ! Vos retrouvailles sont touchantes, mais je préférerais que vous alliez dans votre chambre où vous serez en sécurité, dit Rachel en tenant la porte ouverte.

– J'ai besoin d'un verre ! s'exclame Skyler, folle de joie.

– Ouais, moi aussi. Quelque chose de frais, j'ai beaucoup trop chaud... je réponds en mordillant son cou alors que nous contournons Rachel.

Celle-ci sourit et lève les yeux au ciel, et je tapote son nez du bout du doigt.

– Je n'ai pas peur de toi, tu sais, je dis en riant.

– T'as tort. Je connais trente-sept façons différentes de te tuer avec mes mains.

Elle cligne fort des yeux et je remarque que ses yeux bleus sont si pâles qu'ils sont presque lavande. Ses cheveux blonds sont presque blancs et ils sont noués en tresses africaines.

– Tu me plais, je lui dis en lui offrant un sourire charmeur.

– Tu crois me séduire ? se moque-t-elle en claquant la porte derrière nous. Tu n'as pas vu mon mari ? Il te briserait en deux comme une vulgaire brindille. Moi, ce sont les muscles qui me plaisent, petite souris, pas les sourires charmeurs et les looks dignes de *GQ*.

Sky arrive derrière moi et passe son bras autour de ma taille.

– Oh, mais il est super-musclé. Un véritable corps d'athlète, dit-elle en caressant mon torse.

Rachel penche la tête sur le côté et m'étudie des pieds à la tête.

– Peut-être, s'il pesait vingt kilos de plus. En attendant, ne fais pas de mal à ma nana, sinon je serai dans l'obligation de mettre fin à tes jours.

– Bon sang, Rachel, moi qui croyais qu'on allait être amis ! je m'exclame en feignant d'être vexé.

– On verra. Ne partez pas sans nous prévenir, dit-elle en lançant un regard on ne peut plus sérieux à Skyler.

– Ne t'en fais pas. On va picoler et se mettre au lit. Je suis... euh... fatiguée.

– Après avoir dormi pendant tout le vol ? ricane Rachel. Tu savais que cette nana était capable de dormir pendant huit heures de vol ? C'est comme si elle était chez elle, dans son propre lit. C'est incroyable.

– Les avions m'endorment. Le bourdonnement permanent... les trois shots de tequila, les repas de première classe... Et bonne nuit ! dit-elle en riant.

Je ris aussi et l'embrasse sur la tête, respirant de nouveau son parfum divin. Je ne peux pas m'en passer.

– J'ai mis une bouteille de tequila au frais. Ça te dit, ma pêche ?

– Oh que oui ! En avant ! s'exclame-t-elle joyeusement.

♦ ♦ ♦

Une chaleur moite enveloppe mon sexe tandis que Skyler m'avale.

– Doux Jésus ! je grogne en me cambrant et en empoignant ses cheveux.

Elle gémit lorsque je lui fais mal, mais elle n'arrête pas pour autant. Elle aplatit sa langue pour lécher ma verge depuis la base jusqu'au gland, qu'elle titille jusqu'à ce qu'une perle nacrée apparaisse.

Skyler fredonne et me prend de nouveau dans sa bouche, c'est la meilleure pipe qu'on m'ait faite.

– Putain ! je siffle. Ma pêche, tu vas me faire jouir.

– Hmmm, alors jouis, répond-elle.

Elle m'avale encore plus profond et descend son doigt sur mon périnée avant de dessiner un cercle autour de ma rosette. C'est trop pour moi, je ne peux pas me retenir. Mes testicules se contractent, mes cuisses se verrouillent et je suis à deux doigts de déchirer les draps tant je les serre fort dans mes mains. Au moins, de cette façon, je n'enfonce pas ma queue dans sa gorge dans des allers-retours frénétiques, comme je rêve de le faire. Je ne veux pas risquer de lui faire mal.

Elle m'avale jusqu'à la dernière goutte et ce sentiment de vide qui m'anime depuis New York disparaît.

Elle se blottit ensuite contre moi et je la caresse de l'épaule à la hanche alors que quelques derniers frissons parcourent mon corps.

– Je te rends la pareille dans quelques minutes.

– Oh, mais je n'en doute pas.

– Mais d'abord je veux que tu t'asseyes à cheval sur mon visage.

Elle mord mon pec avant de titiller mon téton du bout de la langue.

– Hmmm, t'es délicieux, joli cœur.

Revoilà ce joli cœur. Cela dit, Skyler Paige peut bien m'appeler comme elle veut.

– Tu es excitée pour demain ? je demande pour me laisser le temps de récupérer.

– Ouais, mais je suis un peu inquiète aussi, répond-elle en caressant mes abdos. Je n'avais pas réalisé qu'il y aurait autant de médias. J'aurai dû, mais parfois j'oublie que je ne suis pas normale. Je ne peux pas simplement me rendre à un mariage avec le mec avec qui je sors.

– Le mec avec qui tu sors ? je répète.

– Ouais. Le mec avec qui je sors, dit-elle en levant la tête vers moi. La description te convient ?

J'y réfléchis quelques secondes. En fait, c'est ce que j'ai dit à la princesse quand elle m'a demandé qui était Skyler, le premier jour.

– Ouais, je crois que ça résume bien la situation.

– Parfois, j'aimerais que tous mes gestes ne soient pas pris en photo. Je ne regrette pas d'être actrice parce que j'aime mon travail et que grâce à toi, j'ai renoué avec ma passion, mais la peur est omniprésente, prête à m'étouffer à tout moment.

– Comment ça se passe avec le psy ?

Je ne lui ai pas encore posé la question, car c'est à elle de décider si elle veut en parler, mais puisqu'elle a mentionné ses peurs...

Skyler roule sur le dos et regarde le plafond. Un long soupir lui échappe et elle enroule une mèche de cheveux autour de son doigt.

– Je suppose que ça va. Tracey est ravie, mais c'est surtout parce que le studio est content, je crois. C'est injuste, de dire ça ? C'est ma meilleure amie, mais son professionnalisme m'agace, parfois.

Je ris et me tourne vers elle en m'appuyant sur le coude, la tête dans ma main.

– Tu ne peux pas changer ce que tu ressens. Tu as envisagé de lui en parler ?

– Je ne sais pas comment. Chaque fois que j'essaie de lui dire que je veux lever le pied, elle me parle du prochain projet d'envergure, des films ou des pubs que je dois accepter pour booster mon image.

Je passe ma main dans ses cheveux et les coiffe sur le côté.

– Et toi, qu'est-ce que tu veux faire ?

– J'aimerais surtout me lancer dans le bénévolat, comme on en a parlé. J'aimerais aider les gens. Et, bien sûr, j'aimerais jouer. J'aimerais décider moi-même des films que j'accepte. La plupart du temps, elle a déjà choisi les blockbusters et j'ai déjà un pied dans la porte. Je n'ai même plus besoin d'aller aux auditions alors que j'aimais ça, moi. Et puis, ce serait cool de travailler sur un projet plus petit, tu sais, pas un énième film d'action ni une comédie romantique. Peut-être quelque chose de plus tragique, un film d'art et d'essai.

– Tu as quelque chose en tête ?

– Non, mais il y a des piles de scripts sur mon bureau, à la maison.

– Il faut que tu lui parles, que tu lui dises ce que tu ressens.

– Je crois que ma meilleure amie me manque, en fait. On ne parle plus que de travail, à présent.

– Tu as envisagé d'engager un nouvel agent ?

– Je ne pourrais jamais lui faire ça ! s'exclame-t-elle en se couvrant la bouche.

– Alors, il faut que tu lui parles. Explique-lui que tu as besoin de temps avec ton amie et pas seulement ton agent.

Elle y réfléchit quelques instants.

– Oui, ça peut se faire, dit-elle enfin.

Je me penche pour l'embrasser et je mordille sa lèvre inférieure. Elle me répond avec la même ferveur et le baiser devient vite passionné. Je glisse sa main sous son dos pour l'attirer sur moi. La bête se réveille aussitôt, durcit en sentant sa peau contre la mienne.

– Hmmm, on dirait que le cobra est prêt à remettre le couvert, soupire-t-elle joyeusement.

Je ricane et la soulève pour l'asseoir sur mon ventre, puis je promène mes mains sur ses seins et pince ses tétons jusqu'à ce qu'elle se cambre.

– Viens, je veux te goûter, j'ordonne.

Elle avance sur les genoux et s'arrête au-dessus de ma tête. Je saisis ses hanches et la ramène contre moi.

– Ne bouge plus, ma pêche. Je vais te faire jouir si fort que tu vas voir des étoiles. Tu devrais peut-être t'accrocher.

– Q... quoi ? commence-t-elle alors que je lèche sa fente et son clitoris. Oh mon Dieu !

Elle s'agrippe à la tête de lit et je me défoule sur elle, léchant, mordant, suçant chaque centimètre de son sexe jusqu'à ce qu'il soit merveilleusement trempé et que ses cuisses tremblent de part et d'autre de ma tête.

Je prends mon temps et aplatis ma langue pour poursuivre mon exploration. Quand je la crois sur le point de perdre la tête, je prends son clitoris entre mes lèvres et le suce aussi fort que possible. Elle pousse un cri lorsque l'orgasme la saisit et elle se met à chevaucher mon visage, m'empêchant de respirer. Je me fiche de suffoquer, je mourrais heureux, son goût à la bouche, son essence sur la langue. Heureusement, elle se soulève et se penche en avant, mais je ne la lâche pas, je veux la rendre folle de désir. Je continue de lécher sa fente jusqu'à ce qu'elle recommence les allers-retours de son bassin.

– Park... chéri, je ne peux pas. Pas encore.

Elle laisse tomber sa tête sur le côté et ses cheveux glissent en cascade dans son dos.

Peut-être que mes oreilles sont bouchées, mais pour moi, une telle déclaration sonne comme un défi et je suis ravi de le relever.

Une fois de plus, je plaque ma bouche sur son entrejambe et plonge ma langue en elle avec des va-et-vient si rapides qu'elle crie une nouvelle fois de plaisir et trempe mon visage.

Quand les effets de son deuxième orgasme disparaissent, je la retourne à quatre pattes, les fesses en l'air. Je lui mets des fessées jusqu'à ce que je voie la trace rose de ma main sur sa peau parfaite, elle crie mais ne me dit pas d'arrêter. Je me penche sur son corps et masse ses fesses bien rondes.

– C'est à mon tour, ma pêche, je grogne. Je suis tellement dur, j'ai tellement envie de toi. Je vais t'emmener encore plus loin, bébé. Tu es prête ?

C'est davantage une promesse qu'une question.

– Mon Dieu, oui ! Prends-moi, chéri. S'il te plaît. Prends-m...

Elle n'a pas le temps de finir sa phrase, car je m'enfouis entièrement en elle. Tout mon corps se contracte et se prépare à prendre le plaisir qui lui est dû. Je caresse tendrement son dos, lentement, pour me calmer et ne pas éjaculer trop vite.

Je remue en elle et ferme les yeux, laissant les sensations m'envahir. Toute mon attention est concentrée sur ma queue. Les parois de son vagin m'étreignent et m'appellent, me suppliant de plonger plus profond, d'aller plus loin, plus fort.

Je gonfle mes poumons, recule les hanches jusqu'à ce qu'il n'y ait plus que la pointe de mon gland en elle.

– Putain, ta chatte me serre si fort. Bon sang, je n'en aurai jamais assez.

Je m'enfouis brusquement en elle et elle part en avant, mais je saisis son épaule et la tiens en place.

– Putain, putain, putain ! je m'écrie à chaque aller-retour.

– Oui, oui, oui ! répond-elle.

Nous perdons vite la tête sous l'intensité du plaisir.

Je la pénètre une dernière fois, me penche sur elle en passant mon bras autour de sa taille et je la redresse contre moi.

– Donne-moi ta bouche ! j'ordonne en retenant mon souffle alors que la nouvelle position me permet d'aller encore plus loin en elle.

C'est exquis.

Sky tourne la tête et passe son bras derrière ma nuque. Je tiens son visage d'une main et plonge ma langue dans sa bouche. Mon autre main trouve son sexe et j'appuie mon pouce sur son clitoris pour le frotter... *fort.*

Elle crie dans ma bouche et j'avale le son en accélérant les mouvements de ma main tout en la prenant par-derrière. Elle explose sur moi et les parois de son vagin me serrent si fort que j'éjacule pendant qu'elle jouit. Je l'empêche de bouger, ma langue dans sa bouche, mes doigts sur son clito, ma queue dans son vagin, et je laisse les remous de mon orgasme parcourir mes veines.

– Je n'ai jamais rien vécu de tel, dit-elle lorsque je libère enfin sa bouche.

– Moi non plus, je réponds en souriant. Avec toi, chaque fois est une première fois.

CHAPITRE 10

Les deux dernières semaines ont été dingues. Entre le couronnement du prince Sven, les obsèques du roi, l'entraînement de Christina et la journée d'hier entre les cuisses de Skyler, je suis épuisé. Et je n'ai jamais été aussi heureux.

Je tourne la tête vers Skyler alors qu'elle regarde paisiblement par la vitre. Elle est sublime dans sa robe de bal en satin jaune moutarde. Elle est moulante des seins aux hanches, puis évasée jusqu'aux pieds. Les bretelles sont fines et se croisent en haut du dos, mais elles laissent une grande partie nue entre les omoplates et le haut de ses fesses.

Bien évidemment, pour un mariage royal, il faut sortir le grand jeu. Je tire sur mon nœud papillon et glisse mon doigt dans mon col, regrettant de ne pas avoir plus de place pour respirer.

– Tu as hâte d'être à la réception ? je demande alors qu'elle regarde la foule amassée devant l'entrée du palais.

– Oui ! La cérémonie à la cathédrale était magnifique, c'est de bon augure pour la réception.

– Eh bien, si je ne te l'ai pas déjà dit, tu es ravissante, Skyler.

– Tu me l'as déjà dit trois fois, répond-elle en souriant.

– Alors ça fait quatre, je réponds en l'embrassant tendrement.

Elle fredonne et mordille ma lèvre inférieure comme à son habitude, déclenchant un frisson qui parcourt mon corps et se dirige droit sur la bête.

Notre limousine s'arrête avant qu'on ait pu approfondir notre baiser.

– Tiens, j'ai comme une sensation de déjà-vu, dit Skyler en regardant la horde de paparazzis.

– Mais ce sera différent, parce que tu es avec moi, je dis en prenant sa main. Et je vais faire en sorte que ce soit amusant.

– Merci de m'avoir invitée, dit-elle en m'offrant un petit sourire. Je sais qu'être avec moi implique un sacré raffut... les gardes, la presse, le manque d'intimité...

Je pose mon index sur ses lèvres et relève son menton pour qu'elle me regarde dans les yeux.

– Eh, ce n'est pas un problème. Être avec toi est un privilège. Ne l'oublie jamais.

– Merci. Je pense la même chose de toi, tu sais, répond-elle en souriant.

Je l'embrasse de nouveau, un peu plus longtemps, et avec la langue cette fois.

– Que le spectacle commence, je déclare.

– C'est parti, acquiesce-t-elle d'un ton plus assuré.

La portière s'ouvre, et Nate et Rachel protègent chaque côté. Ils sont tous les deux habillés en noir, avec des lunettes d'aviateur et des oreillettes pour pouvoir se parler. On dirait deux agents secrets.

Je sors de la limousine, puis je me penche pour offrir ma main à Skyler.

– Mon premier tapis rouge. Encore une première fois avec toi, ma pêche.

Elle prend ma main et pose un escarpin doré par terre en riant aux éclats. C'est l'image que la presse photographiera. Skyler Paige folle de joie, tandis que je l'aide à sortir du véhicule.

Les paparazzis sont déchaînés, encore plus qu'ils ne l'étaient à la cathédrale avec les autres célébrités. Tout le monde est choqué de voir Skyler à un mariage royal, au bras d'un inconnu. J'imagine que je ne le resterai pas longtemps.

Je l'escorte en haut des marches du palais, fier comme jamais d'être accompagné d'une si belle femme. Lorsque nous arrivons à l'entrée, les photographes se mettent à crier son nom pour attirer son attention. Elle serre mon bras avant de se tourner pour saluer la foule de la main. Les cris et les applaudissements sont encore plus assourdissants, elle fait un petit déhanché et leur souffle un baiser avant de reprendre mon bras.

– C'est bon, on peut y aller.

– T'es vraiment classe, comme nana. Que vais-je bien pouvoir faire de toi ? je dis en souriant.

– Je sais. Tu n'as qu'à me donner du champagne, un morceau de pièce montée et me ramener à la chambre.

– Tu es vraiment la femme de mes rêves.

– Ne t'avise pas de l'oublier ! s'exclame-t-elle

– Jamais de la vie, je promets avant de l'embrasser sur la tempe alors que nous entrons dans le palais.

♦ ♦ ♦

Lorsque nous arrivons dans la salle de bal, un serveur nous emmène à notre table. Tandis qu'il s'en va, un parfum d'épices sucrées que je reconnaîtrais n'importe où assaille mes narines. Je souris jusqu'aux oreilles. Je ne connais qu'une femme avec cette odeur magique. Je suis en train de penser à ça lorsque je remarque le dos nu d'une femme brune que je ne connais que trop bien pour l'avoir caressé des dizaines de fois.

– Sophie ?

Elle se tourne vers moi et ma poitrine se contracte lorsque je vois ses yeux marron, ses joues roses et son sourire sublime.

– *Mon cher* ! s'exclame-t-elle en se précipitant vers moi, les bras ouverts.

Je la serre contre moi et enfouis mon nez dans son cou pour respirer son parfum unique. Quand j'ai eu ma dose, je recule et elle me fait la bise en tenant mon visage entre ses mains pour m'étudier.

– Qu'est-ce que tu fais ici, So' ?

– Je suis amie avec les Kaarsberg, bien évidemment !

– Ah, c'est vrai. C'est toi qui nous as décroché ce contrat. Encore une fois !

– Tu sais bien que je crois en tes... talents, ricane-t-elle en buvant une gorgée de champagne.

– Je suis content de te voir, je dis en remettant ses cheveux dans son dos.

Elle porte une robe rouge très chic qui met en valeur son corps de mannequin. Je prends sa main et fais un pas en arrière pour mieux la voir.

– Bon sang, So', j'aurais dû te proposer un rencard plus chic quand j'étais à Paris ! je dis en riant. Et tes chaussures… Bo serait tellement fier de toi. Il ne doit pas être loin… je dis alors qu'il arrive justement derrière elle et passe un bras autour de sa taille.

– À ton avis, qui m'accompagne, mon cher ? Tu étais déjà pris… répond-elle en me faisant un clin d'œil. D'ailleurs, à ce propos…

Merde. Une angoisse me saisit soudain. J'étais tellement content de revoir Sophie que j'en ai oublié Skyler, debout derrière moi. Je me tourne et la vois, une main sur la hanche, la tête penchée sur le côté, clairement agacée.

– C'est une amie ? demande-t-elle.

– Je suis désolé, j'articule en l'implorant du regard.

– Alors, présente-moi à ton… amie.

– En fait, je crois que vous vous connaissez. Sophie Rolland, voici Skyler Paige.

Skyler ouvre la bouche et la referme plusieurs fois en étudiant la nouvelle version de Sophie.

– Mon Dieu… vous êtes magnifique.

Sophie pose son champagne et vient à mes côtés. Elle tapote mon torse puis elle tend la main à Bo qui la prend volontiers.

– C'est grâce à eux ! C'est moi qui ai recommandé *International Guy* à votre agent.

J'effleure la main de Sophie, puis je m'écarte pour prendre Skyler par la taille.

– Et je ne te remercierai jamais assez, je dis en embrassant Skyler sur la tempe pour insister sur le fait que je sus ici avec elle et qu'aucune autre femme ne m'intéresse.

– Il semblerait que je doive vous remercier aussi, puisque Parker et moi sommes… euh… je ne sais pas comment dire. Et si tu leur expliquais, Parker ? dit-elle en haussant un sourcil.

C'est le moment de vérité.

On est en public, avec des amis, et Skyler est mon rencard. Il est temps d'être honnête. D'autant que demain, notre photo sera dans tous les magazines people. D'ailleurs, ça me fait penser qu'il faut que j'appelle ma mère pour qu'elle l'apprenne de ma bouche.

– Sophie, Bo, Skyler et moi sortons ensemble.

Bo se force à se taire, mais cet enfoiré ricane et je sais qu'il va lui falloir moins d'une minute pour écrire à Royce que je suis maqué. Quant à Sophie, elle sourit jusqu'aux oreilles et joint ses mains devant elle comme pour prier, prête à bondir de joie.

– Magnifique ! Je suis très heureuse pour vous. Vous faites un très beau couple.

– Merci. Et si on s'asseyait, je dis en reculant une chaise pour Skyler. Tu veux boire quelque chose, ma pêche ?

– Avec plaisir.

– Sophie ? Une autre coupe ?

– Oui, avec plaisir. Mais Bo peut y aller pour moi.

– Oui, intervient Skyler, comme ça, on pourra discuter entre femmes.

– Eh, les filles, je gronde. N'oubliez pas que je suis un type gentil, hein ?

Sophie croise les bras et recule dans sa chaise. Skyler se lèche les lèvres et me regarde comme si elle se demandait si elle pouvait me critiquer auprès de mon amie.

– Allez viens, frangin, allons chercher un verre pour ces dames. Et pour nous aussi, dit Bo en me frappant dans le dos.

– Ouais. Je crois qu'il va m'en falloir un.

– Mon pote... dit-il en regardant les deux femmes qui se sont déjà mises à parler, il va t'en falloir plus d'un.

♦ ♦ ♦

La nuit est tombée depuis longtemps, mais la fête est loin d'être finie. On peut dire que la royauté sait y faire. Je tiens Skyler contre moi sur la piste de danse, savourant la sensation de son corps chaud et parfumé contre le mien.

– Tu t'es bien amusée ? je chuchote dans son oreille en la chatouillant avec ma barbe naissante.

Je souris lorsque je vois ses bras se couvrir de chair de poule.

– Énormément, oui. Tes rencards sont vraiment superbes, dit-elle.

– Merci. D'ailleurs, je crois que...

Je m'éloigne d'elle, la fais tourner, puis je la ramène de nouveau contre moi. Elle glousse et blottit sa tête dans mon cou. Je ferme les yeux et l'embrasse sur la tempe avant de poursuivre.

– Je crois que c'est toi qui devrais organiser notre prochain rencard.

– C'est un défi, joli cœur ?

– Si tu veux, oui, je réponds en riant.

– Alors d'accord. J'accepte. Ce sera tellement bien que tu ne sauras plus où donner de la tête.

Je la fais tourner de nouveau, mais cette fois je la ramène dos à moi.

– Ah bon ?

– Absolument, dit-elle en posant ses mains par-dessus les miennes sur son ventre.

– Je suis désolé de ne pas prendre le même vol que toi demain.

Elle secoue la tête et je la ramène face à moi.

– T'en fais pas, dit-elle. Il fallait que je rentre plus tôt, de toute façon. Rick vient dîner à la maison pour préparer la nouvelle scène qu'ils ont envoyée.

– Rick... je grommelle.

– Qu'est-ce que tu as dit ? demande-t-elle d'un ton faussement innocent en clignant rapidement des yeux.

– Oh, rien, je râlais juste à propos de Rick l'abruti.

– Quoi ? s'exclame-t-elle en éclatant de rire.

– C'est juste un surnom que j'ai attribué à ton nouvel ami.

– En fait, c'est plutôt un vieil ami, et je te l'ai déjà dit, même si on nous a vus sortir ensemble, c'était une ruse, dit-elle en passant sa main dans mes cheveux. Je sors déjà avec quelqu'un.

Je fais mine de râler.

– Quelqu'un de sexy, ajoute-t-elle.

– Ah ? Qui donc ?

– Un homme grand, beau, avec des cheveux qui bouclent sur le dessus quand ils sont trop longs, dit-elle en enroulant une boucle sur son doigt.

C'est vrai qu'il faut que je me fasse couper les cheveux, même si j'aime qu'elle y plonge les doigts.

– Ça a l'air d'un sacré beau gosse, je ricane.

– Carrément, et tu sais ce que j'aime le plus chez lui...

Ce qu'elle aime.

Ce qu'elle aime.

Ce qu'elle aime.

Merde. Je me crispe et me tiens droit comme un piquet, mes mains deviennent moites. J'ai l'impression que mon cœur est sur le point d'exploser.

– J'aime… poursuit-elle alors que je prie pour que quelque chose interrompe ce moment.

– Sky…

Je suis sur le point de la prévenir que je ne suis pas prêt pour cette conversation.

– Sa grosse queue, finit-elle.

– Nom de Dieu !

Tout l'air quitte mes poumons et je réalise que je retenais ma respiration.

Skyler laisse tomber sa tête en arrière en éclatant de rire et je regarde sa gorge et ses seins écrasés entre nous. Elle a beau m'avoir fichu la trouille de ma vie, je ne peux pas lui en vouloir, avec un tel corps de rêve.

– Je t'ai eu, dit-elle en souriant jusqu'aux oreilles.

– Pas du tout, je rétorque.

– J'ai la trace de tes mains moites sur mon dos ! se moque-t-elle.

– J'ai chaud, c'est tout, je dis en essuyant mes paumes sur mon pantalon.

Mince, elle a raison.

– Admets-le, je t'ai bien eu. Tu étais à deux doigts de partir en courant.

– Je n'admettrai rien du tout, je réponds en la faisant tourner.

– Ne t'en fais pas, Parker, je sais à quoi m'en tenir. Notre relation est simple. On ne s'engage à rien en dehors des moments de détente, quand ça nous arrange tous les deux. C'est ce qu'on avait dit, non ?

Je nous immobilise sur la piste de danse et je lève son menton pour la regarder dans les yeux.

– Tu es incroyable, tu sais ça ?

Elle sourit et ne répond rien, ce qui est parfait parce que ça me laisse l'occasion de l'embrasser.

Quelqu'un tousse alors derrière nous. Supposant que c'est Bo, je ne romps pas notre baiser.

– Va-t'en, espèce d'andouille ! je grogne entre deux baisers.

– *Undskyld*, dit une grosse voix derrière nous.

Je sais que ça veut dire « pardon » en danois. Wendy l'a noté dans sa liste. Merde. Ce n'est pas Bo. Je recule et me tourne en espérant me tromper.

Hélas, je me trouve nez à nez avec le roi et la reine du Danemark.

– Merde. Je veux dire, pardon, Sven, Christina. Je veux dire... Vos Majestés... euh...

Je ferme les yeux et me sens rougir jusqu'aux oreilles. Quant à Skyler, elle fait un pas en avant et esquisse une jolie révérence.

– Bonjour, Vos Majestés. Merci de m'accueillir, c'est un honneur d'être ici. La journée a été magique.

Les jeunes mariés lui serrent la main.

– Monsieur Ellis, je voulais vous remercier une nouvelle fois pour ce que vous avez fait. Je n'ai jamais été aussi heureux, déclare le roi en portant la main de sa femme à sa bouche.

– Je dois te remercier également. Sans ton intervention, je ne sais pas si j'aurais fait le bon choix, ajoute Christina.

Je ramène Skyler contre moi et me rappelle soudain ce que j'ai dans la poche de ma veste.

– Veuillez m'excuser, Majesté... puis-je parler à la reine en privé ?

– Absolument. Mademoiselle Paige, voulez-vous danser avec moi ?

– Avec un roi ? Vous plaisantez ? Voilà une chose de moins à faire avant de mourir ! s'exclame-t-elle en riant.

Sven emmène Skyler sur la piste de danse et tous les regards se rivent sur eux. Tous, sauf deux yeux bleus qui m'observent. Lorsque je me retourne, Christina sourit jusqu'aux oreilles.

– Tu es vraiment ravissante en robe de mariée. Tu es heureuse ?

– Je suis aux anges. Je ne pensais pas pouvoir être aussi comblée. J'ai toujours un peu peur de le décevoir, mais il m'a promis qu'il sera là pour moi et qu'on apprendra à régner ensemble.

Je mets ma main dans ma poche et en sors une boîte argentée entourée d'un ruban blanc.

– Un cadeau ? demande-t-elle, surprise.

– Oui. Je l'ai trouvé quand je me promenais dans Copenhague et que je cherchais comment remettre une certaine princesse sur le droit chemin.

Elle lève la tête vers moi et ses yeux se remplissent de larmes.

– Ouvre-le.

Elle ouvre la boîte et en sort un petit miroir ancien.

– Il est magnifique, dit-elle. Il est vieux et unique. J'adore. Merci, Parker.

– Eh bien, j'ai pensé que comme on avait dormi ensemble...

Elle écarquille les yeux et regarde autour de nous pour savoir si quelqu'un a entendu.

– Je plaisante ! Retourne-le, je dis pour qu'elle voie ce que j'ai écrit dessus avec le rouge à lèvres de la caissière.

Assume ton avenir.
Amitiés,
Moi

Christina ferme les yeux et sourit. Quand elle les rouvre, une larme solitaire coule sur sa joue.

– Je tâcherai de m'en souvenir. Merci. Pour tout. N'hésite pas à faire appel à nous si un jour tu as besoin de quoi que ce soit.

– Alors, ne sois pas surprise si un jour tu reçois un coup de fil de ma part.

– On sera ravis de t'aider. Maintenant, je vais rejoindre mon mari et lui demander de me faire tournoyer sur la piste.

J'attrape son poignet et la prends dans mes bras avant qu'elle n'ait pu partir.

– Sois heureuse, Christina.

– Promis. Je le suis déjà, chuchote-t-elle en s'éloignant.

Lorsqu'il la voit approcher, son mari s'excuse auprès de Skyler et il prend sa reine dans ses bras. Skyler revient vers moi et son déhanché me fait penser à tout ce que je veux lui faire cette nuit.

– Tu es prête à partir ? je demande, parce que je ne peux plus attendre de l'avoir nue contre moi.

– Mais on n'a pas goûté le gâteau ! Tu m'as promis une part de pièce montée, râle-t-elle.

– Mais moi, j'ai envie de pêche... je grogne en l'attirant dans mes bras pour l'embrasser dans le cou.

– J'ai quand même envie de gâteau... pour plus tard, chuchote-t-elle.

– Room service ? je propose.

Mon sexe durcit et je sais qu'elle sent la bête sur son ventre.

– D'accord... soupire-t-elle tandis que je mordille son oreille.

Ma main descend sur ses fesses et je les caresse sans me soucier d'être vu.

– On est partis ?

– Oh oui, ramène-moi à l'hôtel, joli cœur.

– Tout ce que tu voudras, ma pêche.

SKYLER

– Tu peux me parler de ta relation avec Sophie ? Je promène ma main sur le torse délicieusement hâlé et musclé de Parker. Ce type est sexy quand il est habillé, mais nu... j'en ai le souffle coupé.

Je frotte ma joue sur son pec avant de l'embrasser. Nos jambes sont entremêlées et des frissons parcourent encore mes veines après les deux orgasmes qu'il m'a donnés. Le sexe avec Parker est le meilleur que j'ai jamais eu. Je ne me suis jamais sentie aussi vénérée. Il n'oublie aucune partie de mon corps, embrassant chaque carré de peau comme si c'était sa mission. Si c'en est une, il l'accomplit haut la main.

– Qu'est-ce que tu veux savoir ? demande-t-il d'une voix hésitante qui éveille encore plus ma curiosité.

– Je sais que c'était une cliente, mais est-ce qu'elle était plus ? Comme moi ?

Il me serre plus fort contre lui.

– Aucune femme n'est comme toi, Sky.

Il marque un point et je souris.

– J'ai l'impression qu'elle n'est pas qu'une simple cliente. Vous sembliez très... proches.

Il rit et caresse ma cuisse. Je suppose que je peux être rassurée d'être nue contre lui après deux fabuleuses parties de jambes en l'air alors qu'elle est seule dans sa chambre d'hôtel. Mais peut-être qu'elle est avec Bo ?

– On l'est. On est amis. C'est sans doute la meilleure amie féminine que j'ai. Je peux lui parler de tout et elle me donne de bons conseils, c'est chouette. Sophie est cool.

Il y a tant de façons d'interpréter ce qu'il dit que je dois calmer mon cœur qui bat la chamade.

– Alors, si vous êtes de bons amis... tu n'as pas couché avec elle ?

Il se crispe. Je ferme les yeux et mon estomac fait un saut périlleux digne d'un Grand Huit.

– Sky... soupire-t-il.

J'ai l'impression qu'il se donne du temps pour trouver une réponse qui ne m'énervera pas.

Simple. J'essaie de me rappeler que cette relation est simple et qu'on passe du bon temps ensemble. Je suis triste, mais je lutte contre mon instinct qui me dit de me lever, de me rhabiller et de prendre le prochain vol pour New York. Je suis une grande fille. Je savais à quoi m'attendre quand je l'ai invité dans mon lit.

Je respire lentement et me rappelle ce que me disait ma mère quand je doutais de mon choix de devenir actrice. J'avais décidé de me tenir à cette décision, de me sacrifier, mais c'était dur. Pour survivre dans l'industrie du cinéma, il faut avoir une sacrée carapace, et ce n'était pas mon cas à l'époque.

Dans la vie, il faut savoir encaisser les coups et apprendre à vivre avec les cicatrices qu'ils laissent.

Je me rappelle cette phrase chaque fois que j'ai envie de tout laisser tomber.

Je m'assois dans le lit et étudie son visage. Il semble tiraillé entre l'envie de dire la vérité et la peur des conséquences.

– Tu as couché avec elle.

– Ouais, répond-il en hochant la tête.

– Tu couches toujours avec elle ?

Il faut que je sache, pour ma santé *et* pour mon cœur. On n'utilise pas de préservatif, seulement la pilule, et ça ne protège pas des MST.

Il s'assoit contre la tête de lit et passe ses mains sur son visage.

– Non.

– Tu aimerais que ce soit le cas ? je chuchote.

– Non. On est amis, c'est tout. On a vécu ce qu'on a vécu. Maintenant il n'y a plus que de l'amitié entre nous.

Je le dévisage.

– J'ai vu Sophie. Elle est canon, Parker. Et française, c'est exotique. Tous les hommes aiment les femmes qui ont un accent.

Il pousse un grognement et passe ses mains dans ses cheveux. Mon Dieu, qu'il est beau !

– Viens par là, dit-il en agitant sa main. Allez, viens. Fais-moi confiance.

Lui faire confiance. Est-ce le cas ? Je ne le connais que depuis deux mois, mais il ne m'a pas donné de raison de douter de lui. Je m'efforce d'oublier les mauvaises expériences que j'ai eues par le passé et je vais à lui. Il saisit mes hanches et m'installe à cheval sur lui, puis il caresse mon dos tout en plongeant son autre main dans mes cheveux.

– Je n'ai couché avec personne depuis que je t'ai vue à New York quand tu m'as ouvert la porte.

– Et Sophie…

J'ai besoin de l'entendre de nouveau et qu'il me le dise en me regardant dans les yeux.

– C'est mon amie. Une très bonne amie. Et elle pense qu'on est mignons ensemble.

– Elle a dit ça ? je demande en souriant.

– Oui. Elle est très contente que j'aie rencontré une femme que je veux fréquenter… officiellement.

– Officiellement. Ça veut dire quoi pour toi ?

– Que tu es la seule femme que j'embrasse, dit-il avant de m'embrasser. Tu es la seule femme que je touche, ajoute-t-il en palpant mes seins et en titillant mes tétons.

Je gémis et il sourit, satisfait par ma réponse.

– Tu es la seule femme avec qui je couche.

Il me soulève, aligne son sexe sur le mien et me pénètre lentement avant de laisser faire la gravité. Les parois de mon sexe se contractent sur sa verge épaisse.

– C'est tellement bon, je gémis en dessinant un cercle avec mon bassin.

– Est-ce qu'on est d'accord sur notre relation et sur celle que j'ai avec Sophie ?

Je me soulève, plonge mon regard dans le sien et me rassois sur lui.

– Putain ! s'exclame-t-il en empoignant mes hanches si fort qu'il va y laisser des bleus.

– Oui, on est d'accord. Maintenant, laisse-moi te chevaucher, joli cœur.

Je mords ma lèvre et son regard se voile. Il sort la langue et m'étudie comme s'il ne savait pas par où commencer à m'embrasser et me toucher. Ce regard me donne envie de me donner à lui, sans retenue.

Je me soulève de nouveau et me contracte sur son gland, et un cri nous échappe lorsque je le laisse m'empaler, je frotte mon clitoris contre l'os de son bassin.

C'est tout ce qu'il me laisse faire avant de prendre les rênes.

◆ ◆ ◆

Je suis réveillée par des chuchotements, mais ne vois personne dans la chambre. Il fait encore noir, mais le soleil commence tout juste à se lever. Je regarde la pendule et vois qu'il est cinq heures du matin. J'ai encore une heure avant d'avoir à me lever. Qui parle ?

Je rabats la couette et enfile le T-shirt de Parker qui traîne au pied du lit. Je marche jusqu'à la porte sur la pointe des pieds et l'ouvre juste assez pour voir dans le salon. Je suis prise de colère lorsque je découvre Sophie, tout habillée, prête à démarrer sa journée. Elle est vêtue d'un tailleur noir et d'un chemisier blanc avec un énorme décolleté, offrant une belle vue sur ses seins. Je serre les poings et ne bouge pas, espérant entendre leur conversation.

– Elle est superbe, Parker, mais ça ne m'étonne pas. Je savais que tu ne resterais pas seul longtemps.

Parker boit son café. Il porte le pantalon de la veille et rien d'autre. Si je n'étais pas aussi agacée par cette visite matinale, j'irais le voir et je couvrirais son dos musclé de baisers.

– Sophie, qu'est-ce que tu fais ici ? demande-t-il à voix basse.

– Je voulais juste te dire au revoir. Je rentre à Paris ce matin.

– Tu sais très bien de quoi je parle.

Sophie sourit et son rouge à lèvres coquelicot met parfaitement en valeur le ton de sa peau et son beau sourire.

– Je m'inquiète pour toi. La dernière fois qu'on s'est parlé, tu n'étais pas prêt pour une relation sérieuse.

– Ça n'a pas changé, répond-il aussitôt, me laissant bouche bée.

Sophie croise les bras, soulevant ses seins au point qu'ils débordent pratiquement de son soutien-gorge.

– *Mon cher,* tu n'es pas sérieux ? Cette femme est en train de tomber amoureuse de toi.

Il éclate de rire.

Il éclate de rire.

Je retiens mon souffle et je sens mon cœur battre dans ma gorge.

– Pas du tout. On s'amuse. On passe du bon temps. On baise. C'est génial.

Il n'a pas tort. C'est génial mais... est-ce qu'il ne voit vraiment pas que nous sommes en couple ? Après tout, je ne fréquente personne d'autre. Lui, oui ? On n'en a pas vraiment parlé, mais quand il a dit qu'il n'avait couché avec personne d'autre, j'ai supposé que cela signifiait qu'on était exclusifs. Maintenant, je ne sais plus quoi penser.

Sophie secoue la tête.

– Tu ferais mieux de faire gaffe. On s'entiche facilement de toi, tu sais. Je suis bien placée pour le savoir.

Je suis bien placée pour le savoir.

Ça veut dire que Parker lui plaît ? Qu'elle est amoureuse de lui ?

Je ne peux plus rien écouter. Je suis déjà assez perturbée comme ça et, si je suis honnête avec moi-même, j'ai le cœur brisé. Est-ce que je ne suis bonne qu'à baiser ?

Ne sachant pas quoi penser ou faire, je prends ma valise et je fonce dans la salle de bains, fermant la porte à clé pour ne pas être dérangée. Le cœur lourd, j'allume la douche et laisse l'eau chaude dénouer mes muscles tendus.

Hélas, la douche ne peut rien pour mon cœur brisé.

Il faut que je parte d'ici et que je prenne mes distances.

Quelqu'un frappe fort à la porte.

– Sky, bébé, tu as fermé à clé. C'est dommage, je ne peux pas te savonner ! dit-il en riant.

– Euh... désolée, j'ai pas fait attention. Je dois me préparer pour mon vol. Je n'en ai pas pour longtemps.

Et quand je sortirai, je serai tout habillée et prête à partir. Je n'aurai qu'à éviter ses propositions de câlin d'adieu, dire au revoir et rentrer à la maison. J'ai beaucoup à réfléchir.

FIN... POUR L'INSTANT

INTERNATIONAL GUY

UN HOMME AU SERVICE DES FEMMES

#1 PARIS, juillet 2018

#2 NEW YORK, juillet 2018

#3 COPENHAGUE, août 2018

#4 MILAN, septembre 2018

#5 SAN FRANCISCO, octobre 2018

#6 MONTRÉAL, novembre 2018

#7 LONDRES, décembre 2018

#8 BERLIN, janvier 2019

#9 WASHINGTON DC, février 2019

#10 MADRID, mars 2019

#11 RIO DE JANEIRO, avril 2019

#12 LOS ANGELES, mai 2019